习惯让我更优秀

童心布马/编著

北京理工大学出版社
BEIJING INSTITUTE OF TECHNOLOGY PRESS

版权专有　侵权必究

图书在版编目（CIP）数据

习惯让我更优秀 / 童心布马编著. —北京：北京理工大学出版社，2017.9
（2018.3重印）
（布马哥哥给孩子的成长书. 第二辑）
ISBN 978 - 7 - 5682 - 4641 - 5

Ⅰ. ①习… Ⅱ. ①童… Ⅲ. ①儿童故事—中国—当代 Ⅳ. ①I287.5

中国版本图书馆CIP数据核字（2017）第199246号

出版发行 / 北京理工大学出版社有限责任公司
社　　址 / 北京市海淀区中关村南大街5号
邮　　编 / 100081
电　　话 / （010）68914775（总编室）
　　　　　（010）82562903（教材售后服务热线）
　　　　　（010）68948351（其他图书服务热线）
网　　址 / http://www.bitpress.com.cn
经　　销 / 全国各地新华书店
印　　刷 / 保定市中画美凯印刷有限公司
开　　本 / 880毫米×1230毫米　1 / 32
印　　张 / 6.5　　　　　　　　　　　　　　责任编辑 / 高　坤
字　　数 / 140千字　　　　　　　　　　　　文案编辑 / 高　坤
版　　次 / 2017年9月第1版　2018年3月第3次印刷　责任校对 / 周瑞红
定　　价 / 28.00元　　　　　　　　　　　　责任印制 / 施胜娟

图书出现印装质量问题，请拨打售后服务热线，本社负责调换

前 言

什么是习惯？

习惯就是我们不假思索经常反复去做的事，是我们的日常行为方式。比如，有的人喜欢早睡早起，有的人却经常晚睡晚起；有的人做事争分夺秒，有的人却总是拖拖拉拉……这些都是习惯，只不过有好习惯和坏习惯之分罢了。

好的习惯对我们十分有益，可以给我们的人生增加许多乐趣，帮助我们建立健康的作息，甚至可以对我们的生活和日后的事业起到极大的推动作用。坏习惯呢？只会对我们的生活或学习造成一定的干扰，甚至破坏，让我们变得一事无成。

有人曾做过这样一个实验：将一只十分凶猛的鲨鱼和一群热带鱼放入同一个池子当中，然后用强化玻

习 惯 让 我 更 优 秀

璃在中间把它们隔开。一开始，鲨鱼每天都会不断地猛烈冲撞那块看不见的玻璃，想要吃掉玻璃对面的热带鱼。结果将自己弄得遍体鳞伤，一无所获。

到了后来，鲨鱼见用尽各种办法也无法吃到热带鱼，便渐渐不再冲撞玻璃了。再后来，它干脆对那些热带鱼视而不见，只顾自己游来游去。

最后，实验人员撤掉了玻璃，结果，鲨鱼仍然只在自己固定的区域内活动，等着工作人员定期为它投放的食物——鲫鱼。就算那些鲫鱼一时挣扎逃到了热带鱼那一边，鲨鱼也懒得过去追逐。

这个实验其实是告诉我们：习惯往往决定着一个人的命运。要知道，就算工作人员不再给鲨鱼投放食物，习惯了不再探索的鲨鱼也不会去追逐热带鱼。因为它已经习惯了这样一种状态：那些热带鱼，不管怎么努力，都是吃不到的。

可见，习惯是一种顽强且巨大的力量，能够对我们的一生产生影响。我们每个人都希望自己能变得优秀，都在为实现自己的梦想而努力奋斗着。那么我们的梦想如何才能变成现实？答案只有一个：养成好习惯，成就自我。就像亚里士多德所说："人的行为总

前 言

是一再重复。因此,追求卓越不是单一的举动,而是习惯。"因为,一个好习惯可以衍生出更多的好习惯,从而替换掉阻碍我们实现梦想的坏习惯,推动我们的人生走向成功。

习惯是可以从生活点滴中培养的。本书通过趣味盎然的故事,从生活、学习、情绪、品行等几个方面,帮助儿童养成好习惯,摒弃坏习惯。通过阅读这些小故事,小朋友们也一定能认识到习惯的重要性,并逐渐培养新的好习惯,改掉身上原有的不良习惯,学会用好习惯来抵制坏习惯。一个人身上的好习惯越来越多,坏习惯就会越来越少,这个人的修养也随之会越来越高,在追求成功的道路上遇到的阻碍也会越来越少,他走向成功的机会也就会越来越多。

目录

第一章 好习惯让我变得更优秀

乱毛垃圾的小兔子 / 2
——不乱扔垃圾

生病的趣趣 / 6
——吃饭不要挑食

小猴子与致病菌 / 10
——饭前便后要洗手

动物园里的怪事儿 / 14
——认真保护眼睛

迟到的小猫咪咪 / 18
——早睡早起身体好

聪明的小白兔 / 22
——安全最重要

小猪变勤快了 / 26
——自己的事情自己做

小螃蟹搬家 / 30
——做事不拖拉

熊猫宝宝真能干 / 34
——帮父母做家务

习惯名言 / 38

第二章 我是生活习惯小达人，我的生活我做主

小巨人看牙医 / 42
——要爱护好我们的牙齿

鳄鱼宝宝爱洗澡 / 45
——做个爱洗澡的好孩子

浪费粮食的小鸭子 / 49
——要爱惜粮食

勤快的公鸡和懒惰的小猪 / 53
——向勤奋的人看齐

小猴子种花生 / 57
——劳动让人快乐

跑不动的鸡哥哥 / 61
——坚持锻炼身体

粗心大意的小狮子 / 64
——要养成做事细心的好习惯

不遵守交通规则的小花狗 / 68
——要遵守交通规则

聪明的狐狸 / 71
——建立储蓄的好习惯

乱丢果皮惹的祸 / 74
——不要随手乱扔垃圾

开心驿站 / 78

第三章 我的学习有妙招，学习习惯有方法

小猴子学本领 / 82
——遇到困难我不怕

小熊开书店 / 86
——要养成细心读书的好习惯

爱问问题的小猫 / 90
——多问几个"为什么"

拖拖拉拉的小山羊 / 93
——不要养成拖拖拉拉的坏习惯

毛毛虫吃苹果 / 97
——科学制订自己的学习计划

贫民射箭 / 101
——学会激励自己

小狗熊掰玉米 / 105
——目标要明确，不要总变换自己的目标

小刺猬做实验 / 109
——善于观察才能学到新知识

不动脑筋的小狐狸 / 113
——做个爱思考的孩子

有趣的午餐 / 116
——想象力让生活更美好

脑筋急转弯 / 120

第四章 我要做情绪的小主人,良好情绪习惯让我内心更强大

小刺猬的烦恼 / 124
——找到自己的强项

小松鼠扫雪 / 128
——"享受"困难

鱼儿顶月亮 / 132
——要看清事情的本质

小青蛙唱歌 / 136
——做个自信的人

小猴子种桃子 / 139
——坚持自己的想法

爱拍照的小山羊 / 143
——分享才会更开心

给猪妈妈的生日礼物 / 147
——爱让人成长

小狗种花 / 151
——把快乐带给他人

测试乐园 / 155

第五章 我有良好的品行习惯，它可以让我变得更优雅

小松鼠借篮子 / 160
——懂礼貌才会受欢迎

小猴子骗桃 / 164
——不做说谎的孩子

袋鼠的花园 / 168
——做错事要敢于承认

大狮子和小甲虫 / 172
——不要骄傲自大

爱说大话的棕熊 / 176
——诺言要及时兑现

被砍光的竹林 / 180
——爱护公共资源需要大家一起努力

长鼻子小象 / 184
——要懂得顾及别人的感受

爱起外号的小猪 / 188
——要学会尊重他人

一次神秘的考验 / 192
——遵守公共秩序

良好品行习惯的养成方法 / 196

第一章

好习惯让我变得更优秀

乱丢垃圾的小兔子
——不乱扔垃圾

小兔子有一个不好的习惯,就是不讲卫生,习惯随手乱扔垃圾。

这天,小兔子正在家里吃胡萝卜,吃到一半不想吃了,随手就把剩下的半截胡萝卜从窗口直接扔了下去。正巧小山羊从楼下经过,胡萝卜一下子砸到了小山羊头上。

"啊呀呀,这是谁干的好事啊?"小山羊生气地朝着楼上大声喊道。

楼上静悄悄的,没有一点声音。

小山羊又喊了几遍,仍然没人出来认错。

这时,小猴子过来了。听了小山羊的遭遇后,小猴子说:"一定是小兔子这个不讲卫生的家伙,上次就是她把吃过的西瓜皮扔到人行道上,害得鸡大婶摔了一跤,现在她腿还疼呢!"

于是,小猴子带着小山羊一起来到了小兔子家。

其实,小兔子也知道自己错了,自从上次害得鸡大婶摔跤后,她就发誓要改正自己乱扔垃圾的坏习惯,可自己总也改不了,因为跑到楼下扔垃圾太累了……

看到小猴子和小山羊找上门来,小兔子只好红着脸承认错误,并表示自己一定会改正错误。

"上次你就说要改,现在还是没改,你说到就要做到!"小猴子非常严厉地说。

"嗯,我知道,可是、可是,我就是改不了……"小兔子低声说道。

"没事儿,"小山羊见小兔子很难过,也不再像刚才那样生气了,"知道错了就是好孩子!你如果改不了,我来帮你!"

"真的?"小兔子兴奋地问。

"当然了!"小山羊郑重地点点头,然后像变魔术一般,从身后变出了一个红红的胡萝卜形状的漂亮垃圾桶,另一只手又变出一卷绿颜色的垃圾袋。

习 惯 让 我 更 优 秀

原来呀，自从上次鸡大婶摔跤后，小山羊就想着怎么帮小兔子改掉乱扔垃圾的坏习惯，这个垃圾桶和垃圾袋就是准备送给小兔子的。

"你把平时自己吃剩的水果皮、萝卜根什么的都放进这个垃圾桶里。"小山羊说，"早晨去上学时，顺便就把垃圾提下去扔进垃圾桶，多方便啊！"

"嗯，谢谢你，小山羊。"小兔子连连点头。

从那以后，小兔子再也不乱丢垃圾了。

◆ 想一想

1. 小兔子为什么乱丢垃圾？
2. 在小山羊的帮助下，小兔子改掉乱扔垃圾的毛病了吗？
3. 小朋友，你有没有自己想改又改不了的小毛病呢？你该怎么办呢？

◆ 布马哥哥的悄悄话

★ ★ ★ ★

小朋友们，你们有时是不是也像小兔子一样，有乱丢垃圾的坏习惯呢？乱丢垃圾不仅会破坏我们的生活环境，还可能会损害别人的利益呢！它实在是个不好的习惯，我们一定要努力改正才行！

不过，有时我们明明知道这个习惯不好，可就是改不了，这可怎么办呢？别急别急，我们可以多想想办法，也可以请爸爸妈妈或好朋友一起帮助我们、监督我们，相信通过努力，这一不良习惯一定会渐渐远离我们的！小朋友们，要加油哦！

★ ★ ★ ★

生病的趣趣
——吃饭不要挑食

小狗趣趣马上就要上小学了,妈妈说,趣趣这段时间个子长得很快,一定要多多补充营养。所以,妈妈变着花样地给趣趣做好吃的。但趣趣有点挑食,除了肉骨头,其他的都不爱吃。

周末的晚上,疯玩了一天的小狗趣趣早早地睡着了,他太累了。但到了半夜,趣趣突然腿疼得哭了起来。妈妈吓坏了,赶紧抱着他去动物医院。

到了动物医院,大象医生把小狗趣趣轻轻地放到小床上,仔细地给趣趣做了检查。

"呃……狗妈妈,趣趣是因为缺钙造成的腿疼。这段时间他长得太快了,身体的营养供不上,就会缺钙。"

随后,大象医生转过头,笑眯眯地问趣趣:"你吃饭的时候是不是有点挑食啊?"

"您怎么知道?"趣趣好奇地问。

"因为我有透视眼啊,能看到你吃饭的时候只吃肉,不吃豆腐和青菜,对不对?"大象医生依然笑眯眯地说。

"是的,是的,肉好吃,豆腐和青菜不好吃!"趣趣回答说。

"嗯……肉虽然好吃,但是光吃肉也不行哦,豆腐和青菜也要吃……"

"还要喝奶,吃水果……"

"还要吃鱼,吃鸡蛋……"

咦?这是谁在说话?

原来是小猫和小羊。她们俩也是因为太挑食,营养不良生病了,大象医生刚刚给她们讲完。

"对,对!你们都是好孩子,一下子就记住了!"大象医生高兴地说。

"噢……原来是这样啊!"小狗趣趣也明白了,"那我以后吃饭的时候再也不挑食了……"

"我也是……"

"我也是……"

小猫和小羊也抢着说。

又到了周末,狗妈妈做了一大桌好吃的,可丰盛啦!有鱼有肉,还有鸡蛋和青菜。小狗趣趣请来了好多小朋友,小猫、小羊、小鸭子、小狐狸、小兔子……吃饭的时候,大家谁也不挑食,把一大桌子饭菜都吃得干干净净……

◆ 想一想

1. 小狗趣趣为什么会腿疼呢?

2. 大象医生给小狗趣趣提了什么建议?

3. 你有吃饭挑食的习惯吗?你觉得这样对吗?

◆ 布马哥哥的悄悄话

★★★★

小狗、小猫和小羊都因为挑食生病了。原来,吃饭挑食的危害这么大呢!小朋友们,你们吃饭时是不是也总爱挑三拣四,自己喜欢吃的饭菜就多吃,不喜欢吃的饭菜就一口也不吃呢？是不是还总喜欢吃零食呢？

你们看，挑食对身体的发育很不好，容易使我们的身体营养不均衡，这样个子就会长不高，还会经常生病呢！所以，大家一定要改掉这个坏习惯，既要吃肉、鸡蛋，也要吃蔬菜、水果。只有各种食物都吃，我们的身体才会长得壮壮的哦！

小猴子与致病菌
——饭前便后要洗手

小猴子什么都好，就是有一个坏习惯——不爱洗手。虽然从上动物幼儿园开始，羚羊老师就叮嘱大家"饭前便后要洗手"，但有老师或妈妈监督时他就洗手，如果没有人监督，小猴子不管是从外面回来，还是上完厕所，都不会主动去洗手。

这个周末，天气特别晴朗，小猴子一家和小刺猬一家一起带着帐篷和美食到郊外野餐，小猴子和小刺猬都非常开心。一到郊外，两个好朋友便跑到草地上打滚，到水边看鸭子……玩了一会儿，小猴子觉得又累又饿，便跑回来，抓起爸爸妈妈带来的面包和零食就吃起来……

"要把手洗干净再吃……"猴妈妈忙跑过来，想抓住小猴子洗手,可小猴子拿起面包就跑走了。

"小猴子,不洗手就吃东西会生病的……"小刺猬看到了,急忙对小猴子说。

"别吓唬我了,我才不信呢!"小猴子看了一眼小刺猬,不屑地说。

"你吃东西时,手上的病菌会跟着食物跑到你肚子里去,然后……然后……你就生病了!"小刺猬认真地说。

"我没洗手,吃完东西了,也没有生病啊!"小猴子坏坏地笑起来,"病菌跟我是好朋友,绝对不会让我生病的……"

"啊,病菌那么脏,你还跟它们做朋友,我可不想再跟你玩了!"小刺猬说完,转过身走了。

这天晚上,小猴子睡觉时做了一个梦:白天吃到肚子里的病菌,正在他的肚子里聊天。

"喂,兄弟,这回终于找到一个不爱洗手的家伙,我们致病菌可有机会了!"

"我们要赶紧行动,尽快让这个家伙生病!"

"不然明天他一洗手,我们就被冲到下水道里了!"

"他要是再涂上肥皂,我们就更惨了,还有可能丢了命呢!"

……

接着,小猴子看到那些致病菌一个个都变得好大好大,然后开始咬他的肚子,一口又一口……

"不要,不要……"小猴子一下子被吓醒了,还哭了起来。

"小猴子,你怎么了?"妈妈赶紧抱起小猴子,紧张地问道。

"妈妈,我以后再也不会不洗手就吃东西了!我要像小刺猬一样,养成饭前便后洗手的好习惯!"小猴子依偎在妈妈的怀里,轻轻地说。

◆ 想一想

1. 小猴子为什么不爱洗手?
2. 小猴子做了什么梦?
3. 你有饭前便后洗手的习惯吗?你觉得这是个好习惯吗?

◆ 布马哥哥的悄悄话

虽然小猴子梦里的病菌并不会真的咬破我们的肚子，但它们也不像小猴子说的那样，可以做朋友，因为它们的确会让我们生病！

不过，如果你今天刚巧没洗手就吃了东西，也不用害怕，我们的身体里有一支抗菌大军，可以帮你打败病菌，但下次一定要记得洗手哦！不然抗菌大军顶不住，病菌就会从嘴巴进到肚子里，那样你就真的要生病了。

还有，上完厕所也要洗手，否则细菌会停留在手上。这样吃东西时，细菌就会通过手和食物一起进入体内，让你生病。所以，小朋友们，便后也一定要洗手，而且要用流动的温水，再涂上一些香皂认真搓洗双手，然后用清水冲洗干净，用毛巾擦干。这样才能把细菌冲洗干净，不让它伤害到你。

习 · 惯 · 让 · 我 · 更 · 优 · 秀

动物园里的怪事儿
——认真保护眼睛

小猪发现，最近动物园里出了不少怪事儿：每天伸着脖子眺望远方的长颈鹿姐姐，最近总是低着头；走路稳稳当当的大象哥哥，有好几次都撞到了路边的大树上；熊猫阿姨的黑眼圈变得更黑了，还总是揉眼睛；火狐狸的眼睛也变得红红的，要知道，他原来可是最爱嘲笑小白兔的红眼睛的呢……最奇怪的是，每天都喜欢跳来跳去的小松鼠，最近也不爱动了，而且还戴上了眼镜……

大家这是怎么了？小猪决定去找小松鼠问个明白。

来到小松鼠家，小猪看到小松鼠正在低着头看东西，他手里有一个奇怪的东西一闪一闪的，小猪叫他好几声他都没听见。

"小松鼠,你在干什么?"小猪终于忍不住,拍了小松鼠一下。

"等会儿等会儿……"小松鼠头也不抬地说。

"小松鼠,我有个问题想问你……"小猪又说。

"等会儿等会儿……"小松鼠还在忙活他手里的东西。

"小松鼠,朋友们怎么都不出来玩儿了呢?长颈鹿姐姐的脖子怎么了?还有,熊猫阿姨最近总揉眼睛,她的眼睛生病了吗?还有……"小猪一下子问了很多问题。

"哦,这个呀……我给你看样东西。"小松鼠把自己手里一直摆弄的东西递给小猪。

"这……这是什么?"小猪接过来,翻来覆去地看了半天也不认识。

"告诉你,这叫手机,很好玩儿的……"小松鼠一脸骄傲地说。

正说着,小狗忽然气喘吁吁地跑来了。

"你怎么了,小狗?"小松鼠问道。

"大事……不……好了!"小狗跑得上气不接下气,"大象哥哥、熊猫阿姨和火狐狸的眼睛都看不清东西了,我得赶紧去请山羊医生……"说完,小狗又急忙跑走了。

小松鼠忽然感到自己的眼睛也有点不舒服,他摘下眼镜使劲儿地揉了揉眼睛。"啊,我的眼睛也看不清东西了……呜呜呜……"

"那也赶紧去找山羊医生看看吧!"小猪说完,拉着小松鼠直奔山羊医生家。

山羊医生给每个小动物都滴了眼药水,然后非常严肃地对他们说:"你们的眼病是因为总看手机造成的,如果还继续长时间看手机,眼睛就会完全看不见东西啦!"

"啊,原来是这样!"小猪终于明白了,"那我还是不玩儿了吧!"虽然很好奇,但他还是把小松鼠递给自己的手机放下了。

◆ 想一想

1. 动物园里发生了什么怪事儿?
2. 小猪去找小松鼠时,小松鼠在干什么?
3. 小猪还想不想玩手机了?为什么?

◆ 布马哥哥的悄悄话

小朋友们,你们是不是也会经常拿起爸爸妈妈的手机玩儿呢?其实,经常看手机对眼睛很不好!它会伤害我们的眼睛,让我们的眼睛变得干涩、爱流泪,还会影响视力,让我们变成近视眼!

还有,如果发现爸爸妈妈也总是天天看手机,就把这个小故事讲给他们听吧,告诉他们长时间玩手机的坏处,这样也可以帮助爸爸妈妈保护好他们的眼睛哦!

迟到的小猫咪咪
——早睡早起身体好

睡觉的时间到了,小猫咪咪和妈妈道过晚安之后,就回到自己房间去了。可是,小猫咪咪却一点都不困,她还在想着妈妈新买的芭比娃娃。于是,咪咪悄悄地拿出玩具,一个人玩了起来。

咪咪越玩越开心,越玩越兴奋,越玩就越不想睡觉了!

过了好一会儿,妈妈发现咪咪的房间还亮着灯,就过来对咪咪说:"咪咪,快睡觉吧,明天还要上学呢!"

"可是……妈妈,我想再玩一会儿,就再玩一小会儿!"咪咪恳求妈妈说。

"那好吧,再玩10分钟就必须睡觉了啊!"

"嗯，好的，妈妈，我就玩10分钟！"

妈妈看到咪咪答应了，就先回自己的房间睡觉去了。

可咪咪玩着玩着就忘了时间，自己也不知玩了多长时间，一直玩到睁不开眼睛，才抱着玩具睡着了！

"丁零零……丁零零……"

闹钟响了，咪咪该起床上学了。

"咪咪，快醒醒，该起床了！"妈妈过来叫咪咪起床时，可咪咪还在做着美梦呢！

"嗯……妈妈，让我再睡会儿吧，我……我实在太困了！"咪咪闭着眼睛，迷迷糊糊地说。

"那怎么行呢？你会迟到的！"妈妈说道。

一直到妈妈叫第三遍时，咪咪才不情愿地从床上爬起来。

虽然小猫咪咪没来得及吃早餐，虽然小猫咪咪一路上都在跑，可她还是迟到了！当咪咪走进教室时，老师已经开始上课了！

看着同学们都到了，小猫咪咪不好意思地低下了头。老师没有责怪咪咪，只是轻声说："赶紧到座位上去，好好听课吧！"

习 惯 让 我 更 优 秀

放学回家后,咪咪跟妈妈说的第一句话是:"妈妈,我以后都要早睡早起,再也不想迟到了!"

◆ 想一想

1. 睡觉的时间到了,小猫咪咪为什么不睡觉?
2. 第二天咪咪迟到了吗?为什么?
3. 你上学迟到过吗?

◆ 布马哥哥的悄悄话

★ ★ ★ ★

小朋友们,你们上学有没有迟到过?是什么原因导致的呢?如果是因为晚上不肯睡觉,导致第二天早晨起床晚了迟到,那可一定要改掉这个坏习惯哦!否则,可是很影响第二天的学习呢!

而且,晚上经常睡得太晚的话,也会影响我们的身体健康。你知道吗?在睡觉的时候,我们身体的各个器官除了能够得到充分的休息外,还会负责让我们长个子呢!也就是说,晚上充足的睡眠可以让我们的身体更健康,不容易生病,还能让个子长得更高。

所以,赶快改掉晚上熬夜玩玩具、看电视的坏习惯吧!到该上床睡觉的时间就乖乖睡觉,这样才能让我们变得更聪明、更健康。

★ ★ ★ ★

聪明的小白兔
——安全最重要

小白兔、小山羊和小猴子是好朋友，经常一起玩。有一天，他们几个正在山上玩，忽然发现一只狐狸在偷母鸡阿姨家的鸡蛋。仔细一看，这只狐狸正是经常欺负他们的红眼睛狐狸。

小山羊最先看到的狐狸，他急忙躲到大树后面，低声说道："那只狐狸太坏了，总欺负咱们。咱们就假装没看见吧，不然他又要欺负咱们了！"

"那怎么行？"小猴子马上说，"我们必须阻止他偷东西！"

说完，小猴子立刻勇敢地冲过去，大声对狐狸吼道："坏狐狸，快把鸡蛋放下！"

狐狸正专心地偷东西，一听到小猴子的叫声，吓得赶紧把手缩回来。回头一看，原来是只小猴子，便不屑地说："少管闲事，当心我咬你！"说完，便伸手又想去拿鸡蛋。

"母鸡阿姨下蛋很辛苦的，你不能偷人家的东西！"小猴子说着，就要上去夺回狐狸手里的鸡蛋。

"臭小子，叫你多管闲事！"狐狸恶狠狠地说着，一把拎起小猴子，把他摔出好远。小灰猴被摔得鼻青脸肿，哭了起来。

小山羊吓得全身发抖，躲在大树后面不敢吭声。

正在这时，大象警察来了，三下两下，就把狐狸制服了！

被戴上手铐的狐狸垂头丧气地问大象说："被你抓住了，真是倒霉！这么偏僻的地方，你怎么知道的？"

"是小白兔给我们打了电话，说你不但偷东西，还欺负小猴子，我们马上就过来了！"

"原来是那只小兔子干的好事！哼，没想到我这么聪明，却栽在了一只兔子手里！"狐狸瞥了一眼远处的小白兔，恶狠狠地说。

大象警察又跑过去扶起摔倒的小猴子，说道："你的力气不如狐狸大，不能跟他硬拼。一定要记

习惯让我更优秀

住,保护好自己,让自己安全最重要!"

小猴子认真地点了点头,问道:"那遇到坏人做坏事,我们怎么办呢?难道真的假装没看见吗?"

"当然不能!"大象警察说,"但我们可以像小兔子一样,在保证自己安全的情况下,找警察或爸爸妈妈帮忙啊!"

小猴子和小山羊都点了点头,为自己刚才的行为感到后悔。

◆ 想一想

1. 看到狐狸偷鸡蛋,小猴子、小山羊和小白兔都做了什么?
2. 小山羊、小猴子和小白兔谁的办法更好呢?
3. 如果我们遇到了坏人,应该怎么办呢?

◆ 布马哥哥的悄悄话

★ ★ ★ ★

看到狐狸偷鸡蛋,小山羊、小猴子和小白兔选择了不同的办法。谁的办法更好呢？像小山羊那样，躲起来装作看不见显然是不行的，因为我们要有正义感；像小猴子那样鲁莽地冲上去也不好，因为这可能会让我们自己受到伤害。

只有像小白兔那样，在保证自己安全的前提下，用更聪明、更合适的办法去战胜坏人，才是最好的办法！要知道，我们还很弱小，没有那么大的力量，在看见有人干坏事时，首先一定要保证自己的安全，然后再请求别人的帮忙，这样才是最恰当的。小朋友们，你们记住了吗？

小猪变勤快了
——自己的事情自己做

有一只小猪,非常懒惰。每天早晨,太阳都照屁股了,他还懒洋洋地不愿起床,要不是猪妈妈不断催促,还有肚子饿得"咕咕"叫,他还会继续睡大觉。

而且,小猪什么事都不会做,穿衣服、吃饭、洗澡、刷牙,样样都要猪妈妈帮忙。猪妈妈经常担心地说:"唉,你这只小猪,以后可怎么办呀?"

小猪却一点也不在乎地说:"有妈妈帮我做,我什么都不怕!"

有一天,猪妈妈要出门去办事,把小猪单独留在家里。临出门前,猪妈妈千叮咛万嘱咐,把每天要做的事跟小猪交代了一遍又一遍。小猪很自信地说:"放心吧,妈妈,我能行的!"猪妈妈这才放心地出门了。

第二天,太阳已经升得很高了,小猪才懒洋洋地睁开眼睛,然后大声叫道:"妈妈,快来帮我穿衣服!"

喊完后小猪才忽然想起来:"哦,妈妈不在家啊!唉,今天我得自己穿衣服了……"

小猪慢吞吞地爬起来,揉揉眼睛开始找衣服。衣服乱七八糟地堆在床角,他拽过来翻了半天,才把衣服套到头上。可套完后才发现,自己竟然把袖子当领口给套进去了!

好容易穿好了上衣,接着穿裤子,却怎么也穿不上。小猪急得都快哭了!

忙了好半天,小猪终于穿好了衣服和鞋子。这时,肚子已经"咕咕"地叫了半天了。他找出妈妈留下的饭菜,胡乱塞了几口,就出去玩了。

小伙伴们一看到小猪,都哈哈大笑起来。原来,小猪虽然把衣服穿上了,可扣子都扣错了,衣服一边长一边短;鞋子也穿反了,上面还脏兮兮的。再看小猪的脸上,眼角粘满眼屎,嘴角还粘着饭粒,简直就像一只大花猫!

晚上，猪妈妈终于回来了，小猪羞愧地对妈妈说："妈妈，快教教我，我以后要自己穿衣服，要自己的事情自己做！"

猪妈妈听了小猪的话，欣慰地笑了。

从那以后，小猪变得勤快多了，不但学会了自己洗脸，自己穿衣服、穿鞋子，还跟妈妈学会了做饭呢！小伙伴们都夸小猪是个勤快的好孩子！

◆ 想一想

1. 小猪有什么坏毛病？
2. 猪妈妈外出后，小猪是怎样穿衣服、吃饭的？
3. 小伙伴们为什么嘲笑小猪？小猪变勤快了吗？

◆ 布马哥哥的悄悄话

★ ★ ★ ★

小朋友们，你们平时会自己穿衣服、穿鞋子吗？还是经常要爸爸妈妈帮忙？的确，有爸爸妈妈的关心和照顾,我们什么事都不用自己操心。但是,如果自己的事情不能自己做,总是依赖爸爸妈妈,那我们就会像那只小猪一样,变得越来越懒。这样如果有一天我们需要自己照顾自己时,也会像小猪一样,把事情搞得一团糟。

所以,从现在开始,小朋友们要努力养成"自己的事情自己做"的好习惯。自己吃饭,自己穿衣。这样既能减轻爸爸妈妈的负担,又能锻炼我们的自理能力,简直是一举两得呢!

★ ★ ★ ★

习 惯 让 我 更 优 秀

小螃蟹搬家
——做事不拖拉

小螃蟹住在一片又阴又冷的池塘中,那里照不进阳光,也几乎没有水草,好朋友们都纷纷搬走了。

有一天,一只小乌龟刚好来到这里,就对小螃蟹说:"小螃蟹,你怎么还不搬走呢?伙伴们都搬到旁边的池塘了,那里有水草,还有温暖的阳光照进来。小金鱼、小虾和小泥鳅都搬过去了,大家每天一起做游戏,可开心啦!"

小螃蟹一听,兴奋极了,马上说道:"好啊好啊,我也马上搬过去跟大家一起玩。"

小乌龟听了,高兴地说:"那好,明天我和伙伴们来帮你搬家。"

第二天一大早,小乌龟就和小伙伴们赶来了,大家欢快地叫道:"小螃蟹,快点出来,我们都来帮你搬家啦!"

过了好一会儿,小螃蟹才从池塘里探出半个头说道:"我今天不搬家了。"

"怎么了?为什么不搬了呢?"大家都感到很奇怪。

"今天太热了,我怕会热出病来。明天你们再来帮我搬吧,可以吗?"小螃蟹小声说。

"那好吧。"大家只好回去了。

第三天,小乌龟又和小伙伴们来了。

"小螃蟹,我们又来啦,快开始搬吧!"

又过了好一会儿,小螃蟹才探出脑袋,看着阴沉沉的天空说:"要下雨了,我可不想出门。要不,就明天再搬吧!"

伙伴们听了,都有些生气地走了。

第四天,大家都没来帮小螃蟹搬家,小螃蟹想:今天没人来帮我搬家,我自己搬会累坏的,还是不搬了。

就这样,日子过去了一天又一天,小螃蟹每天都想搬到旁边的池塘中去,可每天都有理由不行动。

习 惯 让 我 更 优 秀

最后,他也只能听着旁边池塘里伙伴们欢快的唱歌声和嬉戏声不断传来……

◆ 想一想

1. 小螃蟹为什么要搬家?
2. 小螃蟹搬家了吗?为什么?
3. 你做事会拖拖拉拉吗?你觉得这个习惯好吗?

◆ 布马哥哥的悄悄话

★ ★ ★ ★

小朋友们,如果你们想做一件事情,就不要总是给自己找拖延的借口,更不能不停地拖来拖去,因为拖拉是一个非常糟糕的习惯,只会让你们越来越不想行动,到最后什么事都做不成。就像故事中的小螃蟹一样,今天的事拖到明天,明天的事拖到后天,一而再再而三,事情永远做不完,这样又怎么能有所成就呢?

拖拉是阻碍我们成功的绊脚石,所以,当你们打定主意做一件事时,就要马上行动起来。否则,长大后因为做事磨磨蹭蹭,很容易被人讨厌,也很容易被人抢走好机会哦!

★ ★ ★ ★

熊猫宝宝真能干
——帮父母做家务

天刚刚亮,熊猫妈妈就起床给三个孩子做好了早餐,又洗好前一天孩子们弄脏的衣服,然后把孩子们叫起来吃早餐。

"宝贝们,你们在家乖乖吃饭,妈妈要出门买东西了哦!"熊猫妈妈对孩子们说完,便提着篮子出门了。她今天要多买一些竹子回来,这可是孩子们最喜欢吃的。

小熊猫们看见妈妈这么辛苦,都感到很心疼。于是,熊猫姐姐就对弟弟和妹妹说:"妈妈每天照顾我们很辛苦,我们今天就帮妈妈做点家务吧!"

"好啊,好啊!"弟弟和妹妹忙拍手赞同。

吃完饭后,熊猫姐姐就给弟弟和妹妹分了工:

"弟弟力气大，就来拖地吧；妹妹的力气小一点，就……就负责叠被子和整理玩具吧！"

"姐姐，那你做什么呢？"弟弟和妹妹问。

"我来负责洗碗啊。你们看，吃完饭后碗筷都要洗干净的，这样下次用时才方便。"熊猫姐姐说完，便开始收拾碗筷。

"好，我们开工吧。我去提水啦！"熊猫弟弟说完，提着小水桶跑了出去，不一会儿就从小河里提回一小桶水，然后把拖布放到水桶里洗干净，哼哧哼哧地拖起地来，边拖地嘴里还边哼着歌："我是勤劳的小熊猫呀……"

熊猫妹妹也赶紧跑到卧室，爬到床上开始叠被子。因为个子小，她累得气喘吁吁的，可一想到能帮妈妈做事了，心里就特别高兴，叠被子也十分卖力。

而熊猫姐姐，正在厨房洗碗呢！因为个子不够高，够不到洗碗池，她就搬来一个小凳子，踩在上面。虽然衣服都被弄湿了，可她仍然做得很认真，把碗洗得干干净净。

过了一会儿，熊猫妈妈提着一篮竹子回来了。看到家务全被孩子们做完了，她既开心又感动："啊，

我亲爱的宝贝们,你们真是妈妈的好孩子!"

三只熊猫宝宝都笑着说:"以后我们每天都帮妈妈做家务,这样妈妈就不会那么累了!"

◆ 想一想

1. 熊猫妈妈去干什么了?
2. 熊猫姐姐给弟弟和妹妹分派了什么工作?
3. 你平时会帮爸爸妈妈做家务吗?

◆ 布马哥哥的悄悄话

★ ★ ★ ★

"谁言寸草心,报得三春晖。"小朋友们都听过这句诗吧?它的意思是:谁说孩子的这颗像小草一样的心,能报答得了妈妈像春天一样的慈爱呢?爸爸妈妈为了工作和照顾我们,每天都很辛苦。如果我们能帮他们做一些力所能及的家务,比如洗碗、洗衣服、拖地、整理房间、倒垃圾等,就能稍微减轻爸爸妈妈的负担,让他们能有时间多休息一下。而且,爸爸妈妈看到我们做这些也一定会很开心,因为他们看到了我们的成长,看到了我们孝顺父母的心意。这种幸福的感受,爸爸妈妈一定会非常难忘的!

习惯名言

习惯不是最好的仆人,便是最坏的主人。

——爱默生

习惯真是一种顽强而巨大的力量,它可以主宰人的一生,因此,人从幼年起就应该通过教育培养一种良好的习惯。

——培根

播种行为,可以收获习惯;播种习惯,可以收获性格;播种性格,可以收获命运。

——萨克雷

不良的习惯会随时阻碍你走向成名、获利和享乐的路上去。

——莎士比亚

孩子成功教育从好习惯培养开始。

——巴金

积千累万,不如养个好习惯。

——叶圣陶

人类的动作十分之八九是习惯,而这种习惯又大部分是在幼年养成的,所以在幼年时代,应当特别注意习惯的养成。但是习惯不是一律的,有好有坏:习惯养得好,终身受其福;习惯养得不好,则终身受其累。

——陈鹤琴

人应该支配习惯,而决不能让习惯支配自己。

——奥斯特洛夫斯基

对我们的习惯不加节制,在我们年轻精力旺盛的时候不会立即显出它的影响。但是它逐渐消耗我们的精力,到衰老时期我们不得不结算账目,并且偿还导致我们破产的债务。

——泰戈尔

今天的事不要拖到明天。

——富兰克林

每天务必做一点你所不愿意做的事情,这是一项最重要的准则。它可以使你养成认真尽责而不以为苦的习惯。

——巴尔扎克

早睡早起会使人健康、富有和聪明。

——富兰克林

习惯与人格的关系是相辅相成的。习惯影响人格,人格更会影响习惯。也许可以说,年龄越小,习惯对人格的影响越大;年龄越大,人格对习惯的影响越大。

——张梅玲

第二章

我是生活习惯小达人，我的生活我做主

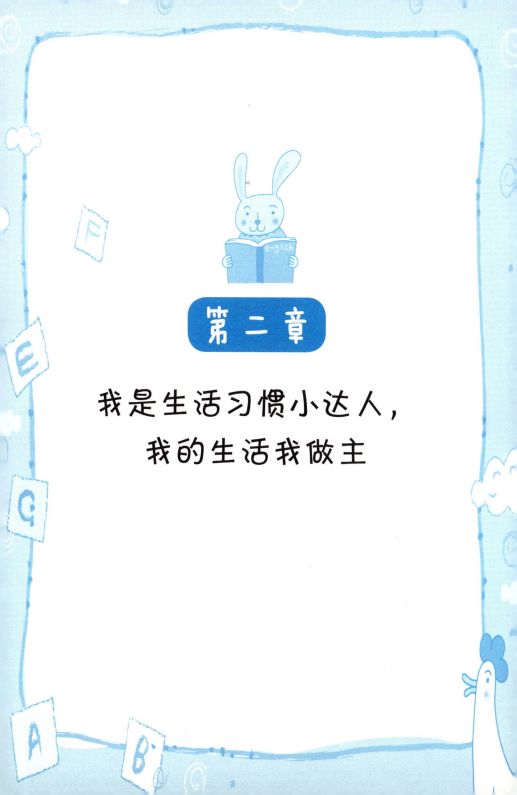

习 惯 让 我 更 优 秀

小巨人看牙医
——要爱护好我们的牙齿

从前,有一个爱吃甜食的小巨人,从来都不喜欢刷牙,总觉得刷牙太麻烦。

有一天,小巨人又吃了很多糖。晚上睡觉时,牙齿忽然疼得厉害,他躺在床上嗷嗷叫,妈妈看到了,就说:"要不,我们去看牙医吧?"

"我才不去呢,牙医会把我的牙齿拔光的!"小巨人哭着说。

"那没办法了,你只能继续疼着。谁叫你爱吃甜食,又不肯刷牙!"妈妈责备他说。

第二天,小巨人的牙实在疼得不行,只好跟妈妈去看牙医。

牙医的个头可比小巨人矮多了,所以根本看不到小巨人的嘴巴,只好说:"你的个子太高了,请你弯下腰吧!"

小巨人只好弯下腰,可牙医还是看不到他的牙齿。聪明的牙医只好找来一把梯子,然后踩着梯子,好不容易才钻进小巨人的嘴巴里。

牙医在小巨人的嘴巴里走来走去,仔细地检查了他的牙齿,发现小巨人有一颗牙齿上有个很大很大的洞——这就是小巨人不爱刷牙造成的!

"不注意刷牙,结果出现了这么大的洞!肯定是这个洞在痛啊!"牙医说完,便拿起钳子敲了敲那个大洞。

结果,一件意外的事情发生了:一条大鳄鱼从小巨人的牙洞中钻了出来!

"天啊,你是怎么钻到我的牙齿里来的?"小巨人看到鳄鱼从自己的嘴巴里跑出来,惊讶地问。

"真的很对不起,"鳄鱼说,"昨天晚上我出来散步迷路了,后来就发现了一个洞,就想进去休息一下……"

牙医听了,哈哈大笑,说:"以后可一定要刷牙哦,不然牙齿还会被蛀成比这更大的洞。"

从这以后,小巨人再也不觉得刷牙是麻烦事了,每天都按时刷牙,而他的牙也再没有疼过。

◆ 想一想

1. 小巨人为什么不肯刷牙呢?
2. 小巨人的牙洞里藏着什么?
3. 按时刷牙后,小巨人的牙齿还疼吗?

◆ 布马哥哥的悄悄话

★ ★ ★ ★

小朋友们,你们知道吗?导致蛀牙的致龋菌可厉害了,就连高大的巨人都拿它没办法!唯一的办法就是勤刷牙、勤漱口,否则,我们吃东西时残留在牙齿上的食物就会滋生出许多细菌。

不过,细菌也有害怕的东西,就是怕我们刷牙和漱口。所以,小朋友们一定要养成勤刷牙、勤漱口的好习惯,只有这样,蛀虫才没有地方可躲,我们的牙齿也才会保持洁白和健康。

小朋友们,你们能做到勤刷牙、勤漱口吗?

★ ★ ★ ★

鳄鱼宝宝爱洗澡
——做个爱洗澡的好孩子

鳄鱼妈妈养了三只鳄鱼宝宝，他们整天在池塘、泥沟里玩耍，身上到处都是泥巴，脏乎乎的。可鳄鱼宝宝不喜欢洗澡，为了给他们洗澡，鳄鱼妈妈可真是伤透了脑筋！

有一天，鳄鱼妈妈好容易捉住一只小鳄鱼，便赶紧拉着他，用毛巾给他搓澡。可小鳄鱼身上的皮很硬，坑坑洼洼的，里面沾满了泥巴，鳄鱼妈妈洗了半天也洗不干净。

"唉，真不知道该怎么洗干净你们这些脏孩子！"鳄鱼妈妈叹了口气说道。

就在这时，鳄鱼妈妈的朋友河马太太从外面买东西回来，正好路过鳄鱼的家。听到鳄鱼妈妈的话，就走过来说:"鳄鱼大嫂,用毛巾给孩子们搓澡太累了,他们身上的泥巴可是不容易洗掉呢!"

"那该怎么办呢?"鳄鱼妈妈皱着眉头问。

"我觉得,你得让他们自己明白,洗澡是一件很好玩的事,让他们自己学会洗澡。如果他们喜欢洗澡了,身上自然就不会这么脏了。"河马太太说。

"是的,你说得很对。可是,我该用什么工具给他们洗澡,才能让他们感到有趣呢?"

忽然,鳄鱼妈妈一抬头,看到河马太太手里拿着一把刚从市场买回来的长柄刷子,忽然有了主意。

"河马太太,能把你这把刷子卖给我吗?我用刷子给小鳄鱼洗澡,他们一定会喜欢的!"鳄鱼妈妈说着,便掏出钱递给河马太太。

"啊哈,你真有想法!没问题,送给你好了!"河马太太把刷子递给了鳄鱼妈妈。

"真是太感谢你了!"

鳄鱼妈妈说完,便拿起刷子给小鳄鱼洗澡。她用刷子轻轻地刷洗小鳄鱼的脊背和肚皮,还边刷边唱着有趣的歌:"背上刷刷,肚皮刷刷,小泥娃娃,变漂亮啦……"

小鳄鱼果然觉得很有趣,立刻顺从地让妈妈刷洗身上的泥巴。其他两只小鳄鱼看到了,也赶紧跑过来排队,着急地等着妈妈给他们洗澡呢!

◆ 想一想

1. 小鳄鱼身上的泥巴为什么洗不干净?
2. 鳄鱼妈妈是怎样让小鳄鱼爱上洗澡的?
3. 你是一个讲究卫生的孩子吗?你喜欢洗澡吗?

◆ 布马哥哥的悄悄话

★ ★ ★ ★

小朋友们,你们看,洗澡原来也可以变得这么有趣呢!鳄鱼宝宝们因为觉得洗澡很有趣,所以都成了讲究卫生的好孩子。看到这里,你们是不是也想赶紧去洗澡呀?

洗澡不仅可以成为一件很有趣的事,还能清洁我们的身体,帮助我们养成良好的卫生习惯,这不但能让我们远离疾病，保持身体健康，还能让我们成为受欢迎的人——要知道，可没有人喜欢和浑身脏兮兮的人做朋友哦，就像你们也不喜欢和不讲卫生的人做朋友一样。

★ ★ ★ ★

浪费粮食的小鸭子
——要爱惜粮食

从前,有一只小鸭子,吃饭特别挑剔。每天,鸭妈妈都会给小鸭子准备丰盛的饭菜,可小鸭子总是挑三拣四的。

"妈妈,这个米饭太硬了,我嚼不动!"

"哎呀,妈妈,这个青菜太难吃了,我一点都不喜欢!"

"妈妈,妈妈,这个菜太咸了,我吃不下!"

……

不仅如此,小鸭子吃饭时还总是把饭菜弄得满桌子都是,遇到不爱吃的饭菜,顺手就扔到地上。

这天早晨,鸭妈妈又做好了饭菜让小鸭子吃。小鸭子懒洋洋地坐在桌旁,东看看,西望望,挑挑拣拣

习 惯 让 我 更 优 秀

的,不一会儿就把饭菜撒得到处都是。

鸭妈妈见了,就耐心地对小鸭子说:"小鸭子,你这样把饭菜弄撒,多浪费粮食啊!"

"那有什么关系?"小鸭子不以为然地说,"我们家不是有很多粮食吗?"

吃完饭后,鸭妈妈对小鸭子说:"宝贝,我带你去一个地方吧。"

"去哪里啊,妈妈?"小鸭子好奇地问。

"去了你就知道了。"鸭妈妈说。

于是,鸭妈妈带着小鸭子来到了农村的田野里。

"小鸭子,你看那些农民伯伯在干什么?"鸭妈妈指着田野里正在耕种的农民伯伯,问道。

"在种地啊。"小鸭子说。

"是啊,"鸭妈妈说,"这么热的天气,农民伯伯顶着火辣辣的太阳,汗水都滴到了泥土里,多辛苦啊!可是,你却总是浪费农民伯伯辛辛苦苦耕种出来的粮食,是不是太不应该了?"

小鸭子听了妈妈的话,又看看远处那些辛苦耕作的农民,惭愧地低下了头。

从那以后,再吃饭时,小鸭子再也不撒饭粒儿啦！每次妈妈盛来饭菜，她都把它们吃得干干净净，而且也不挑食了。不久，小鸭子就长得又高又胖，鸭妈妈看到健康可爱的小鸭子，心里真高兴啊！

◆ 想一想

1. 小鸭子有什么坏习惯？
2. 鸭妈妈带着小鸭子去了哪里？
3. 小鸭子懂得爱惜粮食了吗？为什么？

◆ 布马哥哥的悄悄话

★ ★ ★ ★

　　小朋友们，你们知道我们现在有多么幸福吗？因为我们每天都有吃不完的美食。但在世界上的很多地方，还有成千上万的人吃不饱饭，多可怜呀！再看看我们，每天蛋奶肉鱼、蔬菜水果、各种零食……应有尽有！如果我们还身在福中不知福，随意浪费食物，那就太不应该了！

　　而且，我们吃的每一粒粮食都是农民伯伯辛辛苦苦种出来的,"谁知盘中餐,粒粒皆辛苦"。所以,小朋友们一定要爱惜粮食,不要辜负农民伯伯的一片心血哦!

★ ★ ★ ★

勤快的公鸡和懒惰的小猪
——向勤奋的人看齐

森林中住着一只公鸡。每天早晨，太阳刚刚睁开眼睛，他就开始"喔喔喔"地喊小动物们起床。

有一天，森林中的动物们要选出一位最勤劳的代表。一大早，森林里便传来公鸡的叫声："喔喔喔——"

猪妈妈听到了，便来到小猪的床边，说道："猪宝贝，该起床啦！你听，公鸡都叫了！"可小猪翻了个身，又睡着了。

在大公鸡的叫声中，不一会儿，森林中的小鸟、小鹿、蜜蜂、蝴蝶……都起来了。

太阳升起来了，小动物们吃过早饭后，纷纷聚集到大象伯伯家，参加选拔比赛。

大家纷纷说出了自己心目中最勤劳的动物。小鸟说:"啄木鸟医生是最勤快的,因为他每天很早就起来给大树治病了。"

啄木鸟听到了,连连摆手,谦虚地说:"不不不,公鸡才最勤劳,因为每天都是他叫醒我的。"

大家正在议论纷纷,忽然,刚从床上爬起来的小猪睡眼惺忪地走了过来,嘟囔着说:"公鸡才不算最勤劳的呢,我就没听见他叫过!"

小动物们一看,小猪连脸都没洗,眼角还粘着眼屎呢!

"哈哈哈,小猪,你还说别人!要我们说,就数你最懒了。太阳都这么高了,你才睡醒!公鸡叫的时候,你还在做梦吧?"小动物们都大笑起来。小猪的脸一下子红了,赶紧不好意思地低下头。

这时,大象伯伯说话了:"小猪虽然不够勤快,但却能知错就改。小猪,以后你能改掉懒惰的毛病吗?"

"能,能!"小猪赶紧回答,"我以后一定要早早起床,再也不睡懒觉了。"

说完,小猪转过头,诚恳地对公鸡说:"好哥哥,你愿意帮助我吗?"

"当然愿意了!"公鸡笑着说。

从那以后,森林里最勤快的公鸡和最懒惰的小猪成了好朋友。每天公鸡一叫,小猪就从床上跳起来,到森林中去锻炼身体。大家看到了都说:"小猪变成一个勤快的孩子了!"

◆ 想一想

1. 每天早晨,是谁在喊森林中的小动物们起床?
2. 啄木鸟是最勤劳的动物吗?为什么?
3. 森林里最勤快的动物和最懒惰的动物是谁?

◆ 布马哥哥的悄悄话

★ ★ ★ ★

早起、勤劳的孩子人人都夸,而懒惰、不爱早起的孩子则会被人嘲笑,所以,小朋友们可不要像小猪之前那样懒惰、贪睡哦,而应该学习那只勤劳的公鸡。如果你恰恰像以前的小猪一样,不爱早起、喜欢睡懒觉,那么希望你看完这个故事后,能像小猪后来那样,变得勤快起来,养成勤劳的好习惯。被窝谁都爱,但贪恋被窝的人,把宝贵的时间都用来睡觉,又怎么能取得好成绩、获得成功呢?

★ ★ ★ ★

小猴子种花生
——劳动让人快乐

小猴子很懒惰，不爱劳动，小伙伴们都叫他"懒猴子"。小猴子虽然不喜欢这个称号，可想一想，自己的确是不爱劳动呀！

有一天，一只松鼠背着一袋花生吃力地走着，正好遇到了刚刚睡醒的小猴子。小松鼠就对小猴子说："小猴子，我想麻烦你一件事。我的朋友送给我一袋花生，我想把它背回家，可我家离这还很远，我实在背不动了，能先放在你这里吗？我冬天再来取。"

"可以，可以！"小猴子爽快地答应了。

小松鼠一蹦一跳地走了。小猴子看了看地上的花生，忍不住凑上去闻了闻。哇，可真香呀！他的口水立马吧嗒吧嗒地流下来了。

习惯让我更优秀

"要不,我就尝几颗花生吧。"小猴子暗暗地想,"只尝几颗而已。"

想到这里,小猴子打开口袋,吃了几颗花生。

第二天,小猴子看着花生,又馋得口水直流:"要不,我就再尝几颗吧,就几颗而已。"

小猴子于是又打开口袋,吃了几颗花生。

就这样,小猴子每天都忍不住要尝几颗花生。终于有一天,花生只剩半袋了。哎呀,这可怎么办?小松鼠来取花生的时候,怎么还他啊?

这可急坏了小猴子,他吃不香睡不着,想啊想,终于想到一个好办法,那就是赶快把剩下的半袋花生种到地里,这样一来,也许就可以赶在小松鼠来取花生前收获花生,把花生还给小松鼠了。

于是,小猴子在家门口开垦了一块地,把剩下的花生都种到了地里。在小猴子的精心照料下,花生很快就成熟了。小猴子收获了很多花生,不但把小松鼠的花生口袋装得满满的,还剩下好多呢!

"哇,真香啊!"小猴子吃着自己种的花生,开心极了,"原来劳动也可以很快乐,以后我还要继续种花生。对了,我还要种土豆、种玉米……"

从那以后，懒惰的小猴子一下子变得爱劳动了，小伙伴们再也不叫他"懒猴子"了，而是亲切地叫他"勤劳能干的小猴子"。

◆ 想一想

1. 小伙伴们为什么称小猴子为"懒猴子"？
2. 小松鼠为什么要把花生放到小猴子家中？
3. 小猴子为什么又变成了"勤劳能干的小猴子"？

◆ 布马哥哥的悄悄话

★ ★ ★ ★

对于那些懒散的人来说，劳动无疑是一件很痛苦的事情。在他们看来，劳动既费时又费力，是世界上最讨厌的事情。然而，懒惰的小猴子却通过劳动收获了极大的快乐，还在小伙伴眼中变成了一只"勤劳能干的小猴子"。可见，劳动不仅不痛苦，反而能让我们获得很多快乐，也能让我们变得更加热爱生活。

所以，小朋友们，快抛弃你们的懒惰吧，从今天开始，尝试着去热爱劳动，你们也一定可以从中收获到快乐和满足！

★ ★ ★ ★

跑不动的鸡哥哥
——坚持锻炼身体

在一个农场里,住着一群鸡,他们每天都快乐地生活着。

每天,鸡妈妈都对孩子们说:"宝贝们,你们要好好锻炼身体,从小把身体锻炼好了,以后一旦遇到坏人就能飞快地跑掉了。"

"嗯,妈妈说得对,我们一定要努力锻炼身体。"鸡哥哥和鸡妹妹听了妈妈的话,每天都出去跑步、跳高。

鸡弟弟却不以为然,认为妈妈的担心是多余的:"怎么会有坏人呢?农场周围不是有很多栅栏围着吗?"

于是,当鸡哥哥和鸡妹妹去锻炼时,鸡弟弟就躺在家里睡大觉。渐渐地，鸡弟弟越来越胖，后来连走路都累得喘粗气了！

有一天，小鸡们正在草地上做游戏，一只狡猾的狐狸突然从草丛里蹿了出来。

"哈哈，你们这群小家伙，看我不吃掉你们！"狐狸边说，边向小鸡们扑过来。

"快跑啊——"鸡哥哥和鸡妹妹见狐狸来了，赶紧跑掉了。而鸡弟弟因为太胖了，根本跑不动，一下子就被狐狸抓住了。

鸡弟弟吓得浑身发抖，拼命挣扎，幸好鸡哥哥叫来了一只牧羊犬。狐狸见到牧羊犬，慌忙丢下鸡弟弟，逃走了。

这时，鸡妈妈也匆匆赶来了。她一把抱住鸡弟弟，意味深长地说："宝贝，你看，不爱锻炼身体，有坏人来了多危险啊！"

从那以后，鸡弟弟再也不偷懒了，每天跟着鸡哥哥和鸡妹妹一起锻炼身体。它跑起来的速度也越来越快，狐狸再也别想追上他啦！

◆ 想一想

1. 鸡弟弟为什么不愿意去锻炼身体呢?
2. 鸡弟弟被谁给捉住了?
3. 鸡弟弟开始锻炼身体了吗?

◆ 布马哥哥的悄悄话

★ ★ ★ ★

小朋友们,你们看,鸡弟弟偷懒,不愿意锻炼身体,结果越来越胖,险些被狐狸吃掉,多危险啊!

所以,我们一定不能学鸡弟弟,而应像鸡哥哥那样,积极锻炼身体。而且,锻炼身体还有很多好处呢,比如能让我们远离肥胖,使我们的体态变得轻盈,动作变得敏捷,思维也更灵活。这样,就算遇到坏人,也能保护自己不受伤害。否则,就可能像鸡弟弟一样,遭遇危险时连跑都跑不动呢!

★ ★ ★ ★

粗心大意的小狮子
——要养成做事细心的好习惯

"小狮子,该起床啦!别忘了,你今天要去给小猪妹妹过生日呢!"狮子妈妈走进小狮子的房间,对还在床上呼呼大睡的小狮子喊道。

"嗯,嗯……是的,我……我要去给小猪妹妹过……生日呢!"小狮子迷迷糊糊地嘟囔着,从床上爬了起来。

洗漱完毕后,狮子妈妈给了小狮子两元钱,让小狮子给小猪妹妹买生日礼物。小狮子拿着钱,开开心心地出门了。

"该给小猪妹妹买什么礼物呢?"小狮子边走边想。

不一会儿,小狮子就走到了大象叔叔的玩具店。

"小狮子,要买什么呀?"大象叔叔笑眯眯地问。

"我……我想给小猪妹妹买生日礼物,可是,到底买什么好呢?"小狮子在玩具店里看来看去,"咦,这只小兔子好可爱呀!小猪妹妹一定会喜欢的!"

"哈哈,小狮子,你真会挑东西!这只小兔子是我玩具店里最漂亮的玩具了!你的朋友一定喜欢。"大象叔叔笑着说。

"好,那就买这只小兔子吧!"小狮子交完钱,转身就要走。

嗯?好像缺少点什么?小狮子想了想:"对了,礼物需要包装一下呀!"于是,小狮子又在大象叔叔的玩具店里买了一个精美的礼品盒,准备拿回家把小兔子包装好后再去送给小猪妹妹。

回到家后,小狮子仔细地把礼品盒包好,然后提着礼品盒,高高兴兴地出门了。

不一会儿,小狮子就来到了小猪妹妹家。哇,好多小伙伴来给小猪妹妹过生日呢!大家也都带了精美的生日礼物。

习惯让我更优秀

"小猪妹妹,生日快乐!这是送给你的生日礼物。"小狮子说着,把礼品盒送给了小猪妹妹。小猪妹妹见礼品盒这么漂亮,喜欢得不得了。

生日过完了,小狮子回到家,忽然发现桌子上又出现了一只同样的小兔子。

"这是怎么回事?我不是把小兔子送给小猪妹妹了吗?"小狮子一脑子的问号。后来,他好不容易想明白了,原来自己只顾着包装礼品盒,忘了把小兔子放到盒子里了!

"天啊,真是太粗心了!"小狮子赶紧抱着小兔子跑到小猪妹妹家,把小兔子送给了小猪妹妹。

◆ 想一想

1. 小狮子给小猪妹妹买了什么生日礼物?
2. 给小猪妹妹过完生日回到家后,小狮子为什么又在家里发现了一只小兔子?
3. 想一想,小狮子粗心大意的习惯好不好?为什么?

◆ 布马哥哥的悄悄话

真是一只粗心大意的小狮子啊,居然把给小猪妹妹的礼物落在了家里!小朋友们,你们在生活中也会像这只小狮子一样,做事经常粗心大意、丢三落四吗?如果是,那可要快点改掉这个不好的习惯哦,千万不要成为生活中的"小迷糊",而要做个做事细心的人。

当然,要改掉粗心的毛病,我们也需要想一些办法才行。比如,我们可以用做计划的方式来改正。放学后,我们就把回家后要做的事写在本子上,然后按照合理的顺序一件件地做完。睡觉前,再把第二天要做的事写在本子上,第二天再一件件对照本子上的记录完成,看看有没有落下的。这样慢慢养成细心、认真的习惯后,粗心的毛病也就改掉了。

粗心的小朋友们,快试试这个办法吧!

习 惯 让 我 更 优 秀

不遵守交通规则的小花狗
——要遵守交通规则

森林中有一所动物学校,学校里有一只从来都不愿意遵守交通规则的小花狗。

虽然山羊老师经常在课堂上强调,要养成遵守交通规则的习惯,否则就可能给自己和他人带来很大的危险。可小花狗从来都拿山羊老师的这些话当作耳旁风:"老师真是杞人忧天,哪里会有那么多的危险?"

有一天早晨,小花狗高高兴兴地开着狗爸爸新给他买的汽车去上学。

在路过一个十字路口时,小花狗正好遇到红灯。本来"红灯停,绿灯行",可小花狗不但没有等待,反而加快了车速,一下子冲了过去。

突然,一头小猪骑着自行车从拐角冲了出来,小花狗来不及刹车,结果悲剧发生了:只听见"啊——"的一声,小猪被小花狗的汽车一下子撞得飞了起来,然后重重地摔到地上,他的自行车也被撞出老远!

小花狗呢?他的汽车上被撞了一个深深的大坑,而他自己也被撞得昏了过去。幸好大象警察开着警车紧急赶来,才把他和小猪送到了医院。

狗爸爸和狗妈妈得到消息后,急匆匆地赶到医院。

小花狗一看到爸爸妈妈,立刻哭了起来:"爸爸妈妈,对不起,都是我的错!我不该不遵守交通规则,乱闯红灯!"

爸爸妈妈摸着小花狗的头,说:"别难过了,小花狗,好好养伤吧。知错能改,就是好孩子!"

从那以后,小花狗再也不乱闯红灯了,甚至还在动物学校里主动教大家如何遵守交通规则。

习惯让我更优秀

◆ 想一想

1. 小花狗听山羊老师的话了吗?
2. 小花狗开车时遭遇了什么意外?为什么?
3. 你是个遵守交通规则的孩子吗?

◆ 布马哥哥的悄悄话

★ ★ ★ ★

小朋友们,你们看,不遵守交通规则,就要承担自己酿成的"恶果",而这"恶果"是谁都不愿意吃的。

小朋友们可不要学习这只小花狗,不遵守交通规则,乱闯红灯,结果不仅自己受了伤,还撞伤了小猪。更严重的是,还可能会因此而丢了性命呢,这得是多大的代价啊!

所以,小朋友们一定要养成遵守交通规则的好习惯,切不可将其视为儿戏。

★ ★ ★ ★

聪明的狐狸
——建立储蓄的好习惯

有一天,狐狸和刺猬在一片田地里散步。忽然,它们发现了一袋农夫落下的玉米。

"哇,简直太好了!刺猬老弟,你快看,这玉米又干净又新鲜!"狐狸拿起玉米,兴奋地说。

"是啊,是啊!我们简直太幸运了!"刺猬也非常高兴。

"既然是咱俩一块儿发现的,那我们就把这袋玉米平分了,怎么样?"狐狸提议。

"好呀,这样我们就有过冬的食物了。"刺猬说。

于是,狐狸和刺猬抱着各自分得的玉米回家去了。

一转眼,一年过去了。第二年秋天,狐狸和刺猬又到田地里散步。

"狐狸大哥,你还记得我们去年捡到的那袋玉米吗?"刺猬说,"要是今年再捡到一袋就好了,我们就能像去年那样,舒舒服服地过冬啦!"

听了刺猬的话,狐狸疑惑地问:"怎么?刺猬老弟,难道你把去年分到的玉米都吃了吗?"

"对啊!不吃掉它我怎么过冬啊?难道你还有剩下的?"刺猬点点头,说道。

"唉,"狐狸摇摇头说,"这么看来,你今年还得出去找过冬的食物啊!去年我拿回那半袋玉米后,并没有全部吃掉,而是留下一些,找了块好地种了下去,今年已经收了两大袋玉米啦!"

"啊?你把玉米种下了?"刺猬惊讶地问。

"对呀。要是以后每年都能收获玉米,那我就不用天天费力地去找过冬的食物了!"狐狸回答道。

◆ 想一想

1. 狐狸和刺猬在田地里散步时发现了什么?
2. 第二年狐狸还需要出去找过冬的食物吗?

为什么？

3. 第二年刺猬还要去找过冬食物吗？为什么？

◆ 布马哥哥的悄悄话

★ ★ ★ ★

小朋友们，你们发现了吗？狐狸果然聪明，很有储蓄观念哦！他没有像刺猬一样，把分得的玉米全部吃掉，而是留下一部分种到地里，结果第二年收获了两大袋，足够过冬了！而小刺猬却不懂储蓄和理财的道理，一下就吃光了玉米，结果第二年还要出去找过冬的食物，多辛苦呀！

这也提醒我们，当拥有财富时，不要只顾眼前的享受，还应学会储蓄和理财，最大限度地开发财富的利用价值。只有这样，我们的财富才会不断增加。

小朋友们，你们懂得理财吗？你们善于储蓄吗？你们的压岁钱、零花钱平时都是如何利用的？要想让你们现有的财富不断增加，就要多向爸爸妈妈请教，多掌握理财知识哦！

乱丢果皮惹的祸

——不要随手乱扔垃圾

"咪咪，出去散步吧！"

小猫咪咪出门一看，原来是自己的好朋友喵喵。于是，喵喵就和咪咪一起出去散步了。

路上，咪咪和喵喵看到很多果皮箱，果皮箱的外面全都是垃圾。

"这些人真是的，为什么不能把垃圾扔到果皮箱里呢？"咪咪无奈地说。

"可能他们嫌麻烦吧！来吧，咪咪，我们不怕麻烦，我们把这些垃圾都捡到果皮箱里吧！"喵喵说。

"好啊，好啊！"

于是，咪咪和喵喵就把垃圾都捡起来扔进了果皮箱。

我是生活习惯小达人，我的生活我做主

"谢谢你们！"果皮箱迫不及待地张开大嘴，大口大口地吃着垃圾，"我……我已经有好几天没吃到这么多美食了。"

"不用谢，这都是我们应该做的。"咪咪和喵喵说完，又继续去散步了。

这时，小狗皮皮一蹦一跳地走了过来，他边走边吃着香蕉，吃完后，随手就把香蕉皮扔到地上了。

"喂，皮皮，你不能乱丢垃圾，万一有人踩到香蕉皮摔倒了怎么办？"小猫咪咪大声说。

"真是多管闲事！"皮皮说完，大摇大摆地走了。

皮皮刚离开，山羊奶奶正好拄着拐杖颤巍巍地走过来。咪咪和喵喵还没来得及把香蕉皮捡起来，就听"扑通"一声，山羊奶奶一下子踩到香蕉皮上，摔了个四脚朝天。

"哎哟，哎哟……疼……疼死我了！这……这是谁干的好事！"山羊奶奶躺在地上，呻吟着起不来身。

咪咪和喵喵赶紧扶起山羊奶奶。小狗皮皮看到了，赶紧走过来，惭愧地说："对不起，山羊奶奶，都是我不好……"

山羊奶奶一边揉着摔疼的腿,一边慈祥地说:"皮皮,乱扔果皮可不对哦!不但容易摔到人,还破坏环境呢!"

皮皮红着脸说:"我记住了,以后我再也不乱丢果皮了!"

◆ 想一想

1. 小猫咪咪和喵喵爱护环境吗?
2. 小狗皮皮爱护环境吗?
3. 山羊奶奶为什么摔倒了?

◆ 布马哥哥的悄悄话

★ ★ ★ ★ ★

小狗皮皮可真是个淘气的家伙!因为乱丢果皮,不但破坏了环境,还害得山羊奶奶摔了一跤,幸好最后他意识到了自己的错误。不过,光像小狗皮皮那样有环境意识还是不够的,我们还要养成自觉保护环境的习惯，做环境保护的主人。

所以，小朋友们，赶快和你们的小伙伴一起行动起来，改掉乱扔垃圾等破坏环境的恶习吧！从身边的小事做起，保护我们的环境，比如，不乱扔垃圾，不随便丢弃废电池，节约水电，尽量步行或骑自行车……只要我们每个人都认真地行动起来，就一定能让我们的生活环境变得越来越好。

◆ 好习惯

爸爸：儿子，你已经上幼儿园了，告诉爸爸你有什么好习惯？

儿子：我们班第一天来上幼儿园的同学会哭得很厉害，我都会递给他们纸巾，让他们擦眼泪。老师表扬了我，我更加努力了，每天我都会给小朋友递纸巾。

爸爸：你是说，每天都有小朋友哭吗？

儿子：不是的，但是只要我递纸巾过去，小朋友就会哭。

爸爸：啊，那是为什么呢？

儿子：如果有小朋友不哭，我就一拳把他打哭，然后再递纸巾。

爸爸：……

◆ 习惯用语

强强从电视上新学了一句话："是，老大！"每天他都要说上几遍。比如，爸爸叫他端杯茶时，他就说："是，老爸！"妈妈请他拿个苹果时，他就说："是，老妈！"

有一天，外婆从乡下来看强强，带了很多东西，就叫强强帮忙提东西。结果，强强很爽快地回答："是，老外！"

◆ 一个"优秀"

豆豆上小学三年级，学习成绩一直不理想，为此，爸爸妈妈平时除了轮流给豆豆辅导功课外，还经常给豆豆买些大虾、鲜鱼什么的，想给她增加营养，提高智力。

有一天，豆豆拿着考试成绩回家后，爸爸就问："宝贝，今天考得怎么样啊？"

"爸爸，我只考了一个'优秀'。"豆豆低着头回答说。

"才一个优秀？是哪门考的'优秀'呢？"爸爸问。

豆豆猛地抬起头说："体育！我可没白吃你们给我买的虾和鱼呀，你们没发现我身体越来越结实了吗？"

◆ 拖后腿

儿子放学回家，神气十足地对妈妈说："妈妈，我们班我的力气最大了！"

妈妈问："你怎么这么有把握？"

儿子说："因为老师说，我一个人拖了全班的后腿！"

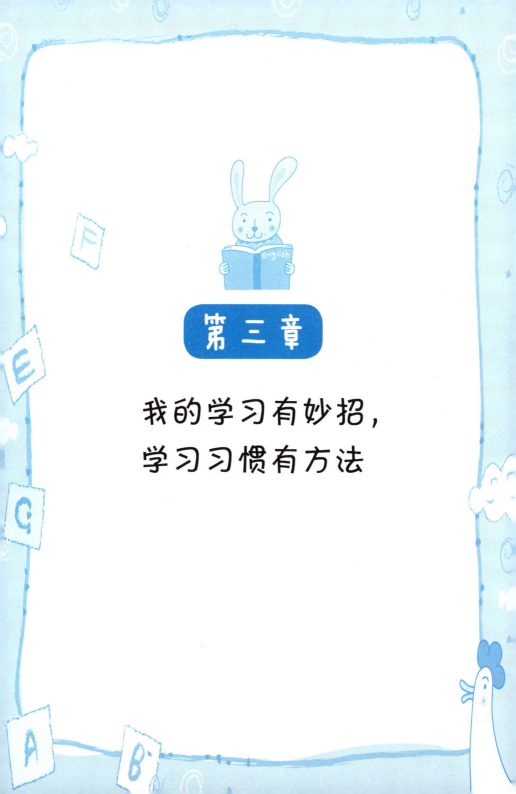

第三章

我的学习有妙招，学习习惯有方法

习 惯 让 我 更 优 秀

小猴子学本领
——遇到困难我不怕

小猴子一天天长大了,有一天,猴妈妈对小猴子说:"宝贝,你该去学点本领了。"

"可是妈妈,我应该学什么呢?"小猴子抓抓脑袋问。

"你喜欢什么,就去学什么啊!"妈妈笑着说。

"嗯……那我就跟小山羊去学语文吧!"小猴子想了想说。

第二天一大早,小猴子就来到小山羊家,高兴地说:"山羊哥哥,我想跟你学语文,这样我就能给小伙伴们写信啦!"

"好啊,不过你要认真学才行啊!"小山羊说完,就很认真地教小猴子学语文。可学了一会儿,小猴子觉得太难了，就噘着嘴说："我还是不学了，语文太难学了！"

说完，小猴子便蹦蹦跳跳地往家里走。忽然，一阵美妙的歌声吸引了他，原来是小黄鹂在树上欢快地唱歌呢！

于是，小猴子就抬起头对小黄鹂说："小黄鹂妹妹，我能跟你学唱歌吗？你的歌声实在太好听了！"

"可以呀！"小黄鹂说，"不过，你要认真学习才能学会哦！"

于是，小黄鹂很认真地教小猴子唱歌，可刚唱了一会儿，小猴子就感到口干舌燥，嗓子都要哑了。

"学唱歌也太难了，我还是不学了。"小猴子说。

说完，小猴子又告别小黄鹂，蹦蹦跳跳地往家走。

没走多远，小猴子看到小兔子正在练习跑步呢，就跑过去说："嘿，兔子老弟，我看你跑得真快呀！你也教教我吧，我也想像你跑得那样快！"

"可以呀！"小兔子说，"不过你可要好好学，千万不能半途而废啊！"

于是，小猴子又跟着小兔子学跑步。刚跑出没多远，小猴子就累得气喘吁吁的了，他大声说："不学了，不学了！太……太累了！"

不久，森林王国要选出有本领的小动物担任动物学校的老师，结果小山羊当上了语文老师，小黄鹂当上了音乐老师，小兔子当上了体育老师，只有小猴子什么都没当上。

小猴子回到家里，难过地对妈妈说："我错了，我不该不认真学习本领。"

◆ 想一想

1. 小猴子都去跟谁学本领了？
2. 小猴子学到本领了吗？为什么？
3. 你在学习时会专注认真吗？

◆ 布马哥哥的悄悄话

★ ★ ★ ★

你在学习时能做到专注认真吗？如果做不到，那就可能会像这只小猴子一样,因为学习时三心二意,又怕苦又怕累,结果什么本领也学不到。

小朋友们,我们可不要学习这只小猴子哦,那样是很难提高学习成绩的。只有集中精力,专心致志地学习,才能快速准确地学到知识,努力实现自己的目标。

另外,不论我们学习上遇到什么困难,都要想办法多请教别人。要知道,知识学到手里就是自己的了,只要坚持不懈,一个问题一个问题去解决,什么困难都可以克服!

★ ★ ★ ★

习 惯 让 我 更 优 秀

小熊开书店
——要养成细心读书的好习惯

小熊开了一家书店,他在书架上摆了好几百种书,有故事书、历史书、百科全书等。

小动物们听说小熊开了书店,都纷纷前来买书。小羊买了《趣味故事》,小刺猬买了《动物百科大全》,小兔子买了《十万个为什么》……挑好了自己喜欢的书后,小动物们都欢欢喜喜地回家读书去了。

回到家后,小刺猬很快就把书看完了。第二天一大早,他又来到小熊的书店买书。

小熊见小刺猬这么快就读完了《动物百科大全》,心想:小刺猬一定掌握了很多知识,不如我来考考他!

于是,小熊就问小刺猬:"小刺猬,你说说,青蛙是生活在水里,还是生活在陆地上?"

"这个……"小刺猬想了半天,也没想起来,急得满脸通红。

"青蛙是两栖动物,既能生活在水里,也能生活在陆地上。"小熊说。

"小熊,你懂得可真多!快告诉我,这是从哪本书上看的?"小刺猬问。

"就从你的那本《动物百科大全》里看到的啊!"小熊回答说。

"啊?我怎么没看到这个知识点呢?"小刺猬低声嘟囔着。

"哈哈,看书可一定要仔细哦!下次可不要再被我考住啦!"小熊笑着说。

"嗯,以后我一定要更加仔细地读书!"小刺猬说。

然后,小刺猬又从小熊的书店买了几本书。他想:"这回我一定要认真看,可不能再被小熊考住了!"

后来,小刺猬经常来小熊的书店买书看,也变得越来越聪明。小动物们听说小刺猬的知识越来越丰

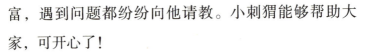

富，遇到问题都纷纷向他请教。小刺猬能够帮助大家，可开心了！

现在，小熊再想考倒小刺猬，可没那么容易啦！

◆ 想一想

1. 小熊开的书店里都有什么书？
2. 小刺猬为什么被小熊考住了？
3. 小刺猬的知识为什么越来越丰富？

◆ 布马哥哥的悄悄话

★ ★ ★ ★

小朋友们，你们看，多读书就会像小刺猬一样，变得越来越聪明，越来越有学问。这样，不但自己遇到什么难题时能想出解决的办法，还能帮助别人。而且，爱读书、有学问的孩子，每个小朋友都喜欢与他交往，可见，读书还能帮我们交到朋友，赢得友谊呢！

而且，只要我们细心读书，就能有很多意想不到的收获。

你想不想做一个有知识、有学问、能够帮助别人的好孩子呢？如果你希望自己能成为这样的人，那么从现在开始，就要多读书、读好书，养成爱读书的好习惯哦！

爱问问题的小猫
——多问几个"为什么"

在动物小学,小猫有个众所周知的外号叫"为什么"。

每天,小猫都有无数的问题要问,比如:"小蝌蚪的妈妈是谁?""太阳为什么会落山?""下完雨天空为什么会出现彩虹?""为什么下雨时先看到闪电,后听到雷声?"……

小猫的问题一个接一个,有时把小鹿老师都问得手足无措,不知怎么回答。小动物们都很奇怪:"天哪,小猫怎么会有这么多的'为什么'啊!"

有时候,小伙伴也能帮小猫回答这些问题,爸爸妈妈和小鹿老师也能给她答案。但有些问题的答案,他们都给不了,小猫就跑到图书馆去寻找答案。

反正不论是什么问题,小猫都一定要弄个水落石出才肯罢休。

因为爱问问题,小猫的知识非常丰富,不知不觉便比其他小动物懂得更多。

在一次知识竞赛中,小猫甚至战胜了高年级的小动物,拿到了动物小学知识竞赛的冠军呢!

有一天,小松鼠实在忍不住自己的好奇,就问小猫:"小猫,你为什么那么喜欢问'为什么'呀?"

"这个……"小猫有点不好意思地说,"当我有疑惑不弄明白的话,我就觉得……觉得喉咙发痒,好像我的喉咙里有个随时准备溜出来的问号,于是,我就忍不住要问'为什么'了。"

小松鼠听了,似懂非懂地点点头说:"小猫,以后我也向你学习,多问几个'为什么',这样我懂的知识就能像你一样多了!"

◆ 想一想

1. 小猫的外号叫什么?为什么大家这样叫她?
2. 小猫为什么那么爱问"为什么"?
3. 你是一个爱问问题的孩子吗?你觉得这个习惯好吗?

习 惯 让 我 更 优 秀

◆ 布马哥哥的悄悄话

小朋友们,我们的生活中本来就存在着很多很多的"为什么",我们往往是因为懒惰,才故意忽略它们的。慢慢地,这些"为什么"也就变成了永远解不开的谜团。只有善于学习、善于思考的人,只有那些善于发现和提出问题的人,才能获得丰富的知识,取得伟大的成就。

其实,学习不但是个学的过程,更是一个不断提问的过程。经常提出问题,可以帮助我们深刻地理解知识和道理。相反,不善于提问,遇到问题也不去解决,这样对我们的学习是非常不利的。

所以,小朋友们要多多向小猫学习,做个爱问问题的孩子哦!这样才能拥有越来越丰富的知识,学习成绩也会越来越好。

拖拖拉拉的小山羊
——不要养成拖拖拉拉的坏习惯

小山羊妞妞什么都好,可就有一个缺点,学习上太拖拖拉拉,明明今天能做完的作业,她非要拖到明天不可!

为此,山羊妈妈已经多次批评妞妞了,可妞妞还是改不掉这个坏习惯。

转眼,六一快到了,黄牛老师又给大家布置了作业,让小朋友们用两天的时间,每人画一幅画,再准备一个自己喜欢的故事讲给大家听。

放学回到家后,妞妞并没有马上去完成黄牛老师布置的作业,而是悠闲地坐在沙发上看起了电视。山羊妈妈见状,就在一旁着急地催促妞妞:"别看电视了,快画画吧,或者去准备一下要给小朋友们讲的故

习惯让我更优秀

事。"

妞妞听了妈妈的话，不但没有马上去做作业，反而满不在乎地说："着什么急呀！时间有的是，今天做不完，不是还有明天吗？"

到了第二天，妞妞的作业还没完成，可她还惦记着看动画片。一直到晚上该睡觉了，她才想起画还没画呢，故事也没准备。

"啊，好困呀！算了，明天再说吧！"说完，妞妞趴到床上就睡着了。

第三天该交作业了，可妞妞的作业一点都没做呢！妞妞这才知道着急，她急忙从床上爬起来开始画画，可越着急越画不好，故事也不知道该讲什么。

到了学校，黄牛老师让大家来展示自己的画作，可妞妞只拿出了一幅涂得乱七八糟的画。到讲故事时，她也结结巴巴地讲不出来。

黄牛老师见状，就对妞妞说："妞妞，你一定没有好好准备吧？这样可不行哦，成绩会被同学们落下的！"

听了老师的话，妞妞真后悔没有抓紧时间好好完成作业，她惭愧地低下了头。

◆ 想一想

1. 小山羊妞妞有什么坏习惯?
2. 小山羊妞妞按时完成作业了吗? 为什么?
3. 在学习时,你能做到珍惜时间, 并合理地安排学习时间吗?

◆ 布马哥哥的悄悄话

★★★★

时间对于每个人都是平等的, 每个人拥有的时间都是一天24小时, 但如何利用时间, 其结果却大不相同。有的小朋友在学习过程中很懂得珍惜时间, 常常都是"今日事今日毕", 结果不但能按时完成作业, 还能有时间去做其他自己喜欢的事。而有的小朋友却不会安排学习时间, 做事也拖拖拉拉, 就像小山羊妞妞一样, 结果不但搞得自己手忙脚乱, 还影响了学习效果, 最后后悔都来不及呢!

所以, 小朋友们一定要学会安排自己的学习时间，逐渐养成珍惜时间的好习惯，有计划、合理地利用时间，该今天完成的作业，就不要拖到明天。这样，我们才能赢得更多的时间将事情做到最好，并能腾出更多自由支配的时间去做其他事。

★ ★ ★ ★

毛毛虫吃苹果
——科学制订自己的学习计划

毛毛虫两兄弟最爱吃苹果了,以前都是毛毛虫妈妈出去给两兄弟找苹果吃。

有一天,毛毛虫妈妈对两兄弟说:"孩子们,你们已经长大了,该自己去找苹果吃了。"

于是,毛毛虫两兄弟离开妈妈,各自到森林中去找苹果了。

毛毛虫大哥爬呀爬呀,爬了好几天,终于发现了一棵苹果树,而且发现树干上有好多毛毛虫正往上爬。

"啊哈,终于找到苹果树了,我也可以跟着他们上去饱餐一顿了!"说完,他紧跟着毛毛虫队伍一起爬上了苹果树。

可是,树上的苹果并不多,而且大部分都不成熟,吃起来又涩又酸。毛毛虫大哥在树上寻觅半天,才从别的毛毛虫口中抢下一小块酸溜溜的苹果。

"唉,早知道树上苹果又少又难吃,我就不应该上来,而是再去找其他的苹果树。"毛毛虫大哥叹着气说。

毛毛虫二弟离开家后,也开始找苹果树。不过,与大哥不一样,他首先进行了一番认真的规划。

他曾听毛毛虫妈妈说,在离家几里远的森林中有一片苹果树林,那里有一棵最大的苹果树,树上最粗壮的那根树枝上,会结出一只最大的苹果,又大又甜。

于是,毛毛虫二弟先爬到鼹鼠开的商店,在那里买了一个望远镜,然后带着望远镜向目的地进发了。

爬了好几天,毛毛虫二弟终于顺利地找到了苹果树林,并顺利地找到了那棵最大的苹果树。不过,他并没有马上爬苹果树,而是在树下休息了一晚上,养足精神。第二天,他开始用望远镜观察树上的苹果,然后发现了那只最大的红苹果。

"好,出发!红苹果,我来了!"毛毛虫二弟坚定地说着,开始向树上爬。

不久,毛毛虫二弟就顺利地爬上了苹果树,结果他如愿以偿地找到了那只又大又甜的红苹果,美美地吃上了一顿。

◆ 想一想

1. 毛毛虫大哥为什么没有找到又大又甜的苹果?
2. 毛毛虫二弟是怎样找到又大又甜的红苹果的?
3. 如果让你去找苹果,你会怎么做?

◆ 布马哥哥的悄悄话

★ ★ ★ ★

小朋友们,你们发现了吗?毛毛虫大哥之所以没有找到又大又甜的苹果,完全是因为他在出去找苹果前毫无规划,走一步算一步。而毛毛虫二弟呢?他在出发前就很认真地制订了计划,并在望远镜的帮助下,一步步实现了自己的目标。可见,做事前制订计划是很有必要的。

学习也是一样啊!小朋友们可不要认为只有读

书、做题才是学习，制订学习计划也是学习的一部分哦！刚上学时，小朋友们的课程少，学习也不紧张，不制订学习计划没什么；一旦学科增多了，没有清晰的学习计划，就会像毛毛虫大哥那样，学习毫无目标，结果也难以取得好成绩。

而且，制订学习计划的过程，其实也是对自己学习状况进行认识的过程，小朋友们千万别因为嫌麻烦就忽略这一步。"凡事预则立，不预则废。"这也提醒小朋友们：任何事情，只有提前计划准备好了，才更容易成功。

第三章　我的学习有妙招，学习习惯有方法

贫民射箭
——学会激励自己

从前，有一位年轻的王子，非常擅长射箭，是这个国家里最好的弓箭手。

有一天，王子和他的兄弟正在森林中打猎，忽然，一只凶恶的大狗狂吠着朝他们冲了过来。王子不想伤害大狗，可又不知该如何让这只狗停止狂吠。

就在王子犹豫着要不要射杀这只大狗的时候，突然，一支锋利的箭"嗖"地从森林深处飞过来，不偏不斜，一下子就穿过大狗的牙齿！大狗的牙齿被利箭穿透，利箭别在它的嘴巴里，它一声也不能叫了。但是，大狗却没有丢掉性命。

"天啊！"王子震惊地叫起来，"这是谁射过来的箭，简直太不可思议了！这个人射箭的技艺远远胜过我,我一定要找到他,看看他是不是神仙!"

于是,王子和他的兄弟向森林深处奔去,去寻找射箭的人。不久,他们就找到了一个皮肤黝黑的年轻人,他手里正拿着一张弓。

"嘿,老弟,刚才射向大狗嘴巴的箭是你射的吗?"王子问道。

"是的。"年轻人回答说。

"那么你能不能告诉我,是谁传授给你这样高超的箭术呢?"王子好奇地问。

"是伟大的婆罗门神箭手多赫罗纳。"年轻人回答。

"啊,是的,他的确是这个世界上最伟大的神箭手!可是,你看起来只是一个贫民,怎么有能力拜这么伟大的人为师呢?"王子有点不服气,一个贫民箭术怎么能超过自己,还是神箭手多赫罗纳的学生呢?

"我的确不敢去打扰这位尊贵的老师,"年轻人说,"但我雕刻了一尊他的雕像,放在附近的大树前。每次我来森林中练习射箭时,我都会对自己说:你一定要努力练习,因为伟大的神箭手多赫罗纳正在看着你呢!"

◆ 想一想

1. 年轻人是怎样让大狗停止狂吠的？大狗还活着吗？
2. 神箭手多赫罗纳亲自传授给年轻人箭术了吗？
3. 年轻人是如何拥有高超的箭术的？

◆ 布马哥哥的悄悄话

★ ★ ★ ★

小朋友们，在学习中，你们肯定会有无聊、彷徨、想放弃的时候，你们是怎样度过这段艰难岁月的呢？你们是能够主动学习的孩子，还是总要爸爸妈妈和老师不断督促才肯学习？总依靠他人可不太好，要尽快改掉这个习惯哦！要知道，学习是自己的事，也必须靠自己来获取知识、解决问题才行。而且，老师虽然拥有丰富的知识，但他所能讲述、传授的知识仍然有限，只有自己主动去学习、去探索，才能不断获得新知识，我们的学习也才会越来越进步。

像故事中的贫民那样用自己的偶像、让人敬仰的神箭手多赫罗纳的雕像来激励自己,不失为一个好办法——这是为人指明方向的灯,是带人走出困境的帮手,是让人不断前行的动力与支撑。如果你想成为一位作家,不妨把鲁迅作为方向;如果你想成为一名篮球运动员,不妨拿乔丹作为榜样;如果你想成为警察,不妨让任长霞带你乘风破浪!

★ ★ ★ ★

小狗熊掰玉米
——目标要明确,不要总变换自己的目标

从前,在一座山里住着一只小狗熊,他经常到山下去找小伙伴们一起玩。

有一天,小狗熊在去找他最好的朋友小猴子玩时,路过一片玉米地,地里的玉米已经成熟了。

"哇,这里的玉米好多呀,闻起来真是又香又甜!要是能掰一些带给小猴子,他一定会很高兴的!"

想到这里,小狗熊便钻进玉米地,吭哧吭哧地掰起玉米来。他伸出右手掰,掰完就把玉米塞到左胳膊下夹住。掰一个,夹一个,再掰一个,再夹一个……小狗熊累得满头大汗。

过了一会儿,小狗熊觉得自己已经掰了很多很多的玉米了。

"嗯,就这些吧,够小猴子吃的了,嘻嘻……"小狗熊高兴地想着,却不知自己每放后一个玉米时,前一个已经掉了。

于是,小狗熊开心地从玉米地走出来,胳膊下夹着一个玉米,继续向小猴子家走去。

走着走着,小狗熊又发现前面有一片西瓜地。

"哎呀呀,这里的西瓜好大呀,我从来没见过这么大的西瓜呢!不用说,肯定也特别甜!要是给小猴子带一个回去,他一定会很高兴的!"

想到这里,小狗熊又朝西瓜地跑去。因为光想着西瓜了,根本没注意胳膊下的玉米已经掉了。

地里的西瓜又大又圆,小狗熊东看看、西瞧瞧,每个西瓜他都想摘。最后,他挑了一个最大的西瓜,抱起来高高兴兴地向小猴子家走去。

走着走着,一只小白兔忽然从小狗熊面前蹦蹦跳跳地跑了过去。

"咦?这只小兔子真可爱呀!要是把它送给小猴子,小猴子一定会很高兴的。"

想到这里,小狗熊又扔下西瓜,急急忙忙去追兔子。

追了半天,小狗熊累得气喘吁吁,可小白兔已经跑得无影无踪了。没办法,小狗熊只好空着手去看小猴子了。

◆ 想一想

1. 小狗熊一共掰了多少个玉米?为什么?
2. 小狗熊带着什么礼物去看小猴子了?
3. 想一想,小狗熊的做法错在哪里?

◆ 布马哥哥的悄悄话

★ ★ ★ ★

小狗熊每见到一样新东西时,就会丢掉已有的东西,结果到最后,什么都没得到。这种情形在我们的学习中是不是也很常见呢?有些小朋友今天学学英语,明天学学钢琴,后天学习画画,到头来什么也都没学精。这样又怎能真正掌握知识呢?

那么,该怎样解决这个问题呢?其实也很简单,

习 · 惯 ·· 让 · 我 ·· 更 · 优 ·· 秀

那就是找一门自己最喜欢的去学习,然后努力钻研,多做笔记。因为我们大脑的记忆力是有限的,会经常遗忘一些事情,而有了笔记,我们就能把重点的知识记下来,课后再好好温习,这样才不会边学边忘,从而真正把学习的知识点记到大脑中。

★ ★ ★ ★

小刺猬做实验
——善于观察才能学到新知识

小刺猬是个特别喜欢观察的孩子，因此也经常能发现一些有趣的东西。一旦有些事情弄不懂，他就会去请教刺猬爸爸。

有一天，小刺猬发现，自己家阳台上的花跟卧室里的花，同样的品种，叶子颜色却是不大一样的。

"咦？明明是相同的花啊，为什么颜色会不同呢？"小刺猬感到非常好奇，于是就拉着刺猬爸爸问道："爸爸，爸爸，您快看看，这两盆花的颜色为什么不一样呀？"

刺猬爸爸看到了，就想了想说："你很想弄清楚原因？好，那咱们就一起来做个实验吧？"

"做实验？哇，那可太有趣了！"小刺猬高兴地说。

于是，刺猬爸爸找来一些碘酒，然后来到阳台上，将碘酒滴在经过光照的花叶上。

"哎呀，爸爸，这叶子怎么一下子变成蓝色的啦？"小刺猬很快就发现了花叶颜色的变化。

"很奇怪是吧？这是因为花叶上有个光合作用的产物，叫作淀粉。"刺猬爸爸很耐心地解释道。

接着，刺猬爸爸又带着小刺猬来到卧室，把碘酒滴在卧室里没有经过光照的花叶上。

"咦？好怪啊！"小刺猬惊讶地说，"这次花叶的颜色怎么不变了呢？是因为没有那个……那个淀粉吗？"

"没错！"刺猬爸爸点点头说，"这就是光合作用的结果。生长在阳台上的花经过阳光的照射，叶子中产生了淀粉，淀粉一遇到碘酒，就会变成蓝色；而卧室里的花因为缺乏阳光的照射，没有产生淀粉，所以花叶的颜色遇到碘酒后不发生改变。"

"原来阳光这么重要呀！"小刺猬解开了疑惑，很开心。

"对呀！空气、水和阳光都是植物所必需的。"

爸爸说。

"谢谢爸爸!看来,我要学的知识还有很多呢!我要马上去看书学习,掌握更多的知识,就像爸爸这样!"小刺猬说完,立刻跑到书房里看书去了。

◆ 想一想

1. 小刺猬是个爱观察的孩子吗?
2. 刺猬爸爸和小刺猬做了什么实验?
3. 你善于通过观察来学习知识吗?说说你的心得。

◆ 布马哥哥的悄悄话

★ ★ ★ ★

小刺猬可真是个爱观察的孩子!我们也相信,通过观察和实验,小刺猬一定学到了很多知识,以后也一定会越发注意观察和发现。

善于观察是一种非常好的学习习惯。遇到问题时,如果能通过观察去寻找正确的答案,不但能锻炼

习 · 惯 · 让 · 我 · 更 · 优 · 秀

你的观察能力，还能让你从中学到更多的知识，记忆也会更加深刻。

　　小朋友们也可以自己写观察日记，把自己平时观察到的有趣的事物记录下来，并经常对自己的记录进行整理，从而得出观察结论。通过这种方式，我们既能掌握更多的知识，又能锻炼写作能力，简直是一举两得的好事情呢！

★ ★ ★ ★

不动脑筋的小狐狸
——做个爱思考的孩子

"丁零零……丁零零……"

动物学校的上课铃声响了,大象老师已经夹着课本,精神抖擞地走向教室,要给小动物们去上课了。

小山羊、小白兔、小狐狸和小鹿都已早早地坐在教室里,等着大象老师来给他们传授新知识。大家都很爱学习、爱思考,但除了小狐狸。只要遇到问题,小狐狸总爱去问大象老师和同学。

这天,大象老师给大家上数学课。他先出了一道简单的算术题,让同学们独立计算。小山羊、小兔子、小鹿马上拿起笔,认认真真地计算起来。

小狐狸却没有动笔,他转了转眼珠,心里想:这道题很难,我一会儿还是问问小鹿怎么做吧!

小鹿第一个算出了答案,于是就给小狐狸讲解起来。

过了一会儿,大象老师又提出一个问题,要小动物们回答。小狐狸又转了转眼珠想:这个我也不会,一会儿还是问问小山羊吧,反正他们都会做。

于是,小狐狸又去问小山羊,小山羊又把答案告诉了小狐狸。

接着,大象老师又出了一道思考题,小狐狸又去问小白兔……

不久,期末考试来临了。考场上,小动物们一个个都很认真地思考、答卷,只有小狐狸,东瞅瞅,西望望,却再也没机会问别的同学了。

因为平时不爱思考,所以他连一道题也解答不出来,最后考了个倒数第一。

◆ 想一想

1. 小狐狸为什么不愿意自己解答问题?
2. 期末考试中,小狐狸取得了什么样的成绩?
3. 你是个勤于思考的孩子吗?你觉得在学习中勤于思考重要吗?

◆ 布马哥哥的悄悄话

每个小朋友的智力水平都是差不多的，但有些小朋友显得很聪明，而有的小朋友却显得有点笨，你知道为什么吗？

最主要的原因就是：聪明的小朋友都很爱思考，遇到问题也不会总想着依赖其他人，而是自己独立去解决。相反，那些看起来笨笨的同学呢，懒得思考，结果使大脑一直都处于怠工状态。遇到问题时，也根本不去动脑筋，结果只会像小狐狸一样，难以取得好成绩。

其实在学习过程中，有些知识看起来很难、很复杂，但只要你深入地思考一下，就会发现它们并没有想象中的那么难。所以，小朋友们要记住：在学习中，一定要养成勤于思考、独立解决问题的好习惯。只有这样，我们才能掌握到知识的精华，我们的思考能力才能得到锻炼。

习惯让我更优秀

有趣的午餐
——想象力让生活更美好

午餐时间到了,小猪欢欢早早地坐到桌旁,等着猪妈妈把美味的饭菜端上来,这样,他就能开始每天的"创作"必修课了。

"欢欢,你猜猜,今天妈妈做了什么好吃的?"猪妈妈边在厨房忙活,边问小猪。

"让我想想,"小猪托起腮帮子,坐在桌前想了一会儿,"应该有黄瓜、西兰花、西红柿……"

"好棒啊,你都猜对啦!"妈妈一边回应着小猪,一边把一盘黄瓜端到桌上。

"好,现在该我大显身手啦,哈哈!"小猪说道。

"欢欢,今天你打算'创作'什么神奇的东西出来呀?"妈妈笑着问。

"嗯……对了,我今天看了一个有关恐龙的动画片,不如就'创作'一只恐龙吧!"小猪兴奋地说。

然后,小猪开始认真地摆弄起这盘黄瓜片来:"这个做恐龙的头,这个是脖子,这个是身子,还要再摆个尾巴……"

不一会儿,餐盘里便出现一只栩栩如生的"黄瓜恐龙"。

"哇!"猪妈妈惊讶地叫道,"欢欢,你的'黄瓜恐龙'看起来简直跟真的一样!"

接着,妈妈又端上来一盘西兰花、一盘西红柿。

"欢欢,西兰花和西红柿你打算怎样'创作'呢?"妈妈问。

"一个是绿色,一个是红色,就……就摆出一盆鲜花吧!"小猪欢欢开心地说。

于是,小猪又开始认真地摆弄起西兰花和西红柿来:"用红红的西红柿来做盛开的花朵,啊,这个绿色的西兰花正好用来做叶子……真是太漂亮了!妈妈,妈妈,快来看呀!"

猪妈妈走过来,看到小猪欢欢的"作品",不禁惊讶地说:"哈,我们的餐桌上开出了一朵漂亮的大红花啊!"

"妈妈,现在我们就一起来享用这'恐龙'午餐和'大红花'午餐吧,哈哈!"小猪欢欢笑着对妈妈说。

"好啊,好啊,我们开始吧!"猪妈妈也笑着说。

◆ 想一想

1. 午餐前,小猪欢欢坐在餐桌前准备做什么?
2. 小猪欢欢都用哪些蔬菜,"创作"出了什么东西?
3. 你能学习小猪的方法,用蔬菜"创作"出一些有趣的东西吗?

◆ 布马哥哥的悄悄话

★ ★ ★ ★

小猪欢欢的想象力和创造力真丰富呀!小朋友们,看完了故事,你们是不是也想动手试一试呢?

每个小朋友都喜欢想象,比如,我们会把自己想象成天空中自由飞翔的小鸟、林间奔跑的小兔子,这些都是想象力的表现啊!同时,小朋友们也都喜欢创造,比如自己动手做漂亮的玩偶,用一些旧零件拼出帅气的小汽车……如果我们能把这种能力应用到学习当中,不但能让我们在学习中变得更快乐,还能锻炼我们的思维能力和动手能力,就连大脑中的知识储备都会不断增加呢!

所以,小朋友们要多多向故事中的小猪欢欢学习,养成敢于想象和善于创造的习惯,多动脑、多动手,举一反三,从而让学习变得充满乐趣。

脑筋急转弯

◆ 谜面

1. 南来北往的两个人，一个挑担，一个背包，他们没争也没吵，也没有人让路，却顺利过了独木桥，为什么？

2. 小明总是喜欢把家里的闹钟弄坏，妈妈为什么总是让不会修理钟表的爸爸代为修理？

3. 有一个人被从几千米高空掉下来的东西砸中了头，却没有受伤，为什么？

4. 在学校门口，小红的学生证掉了，她该怎么办？

5. 世界上哪里的海不产鱼呢？

6. 每天做作业之前，我们先干什么？

7. 世界上什么海最大？

8. 什么东西经常会来，却从没真正来过？

9. 有两瓶花,一瓶是鲜花,一瓶是纸花,你能说出哪一瓶是鲜花吗?

10. 为什么燕子冬天要飞往南方过冬?

◆ 谜底

1. "南来"与"北往"是同一个方向,当然可以同时过独木桥。

2. 爸爸要"修理"小明。

3. 掉下来的是雪花。

4. 她该把学生证捡起来。

5. 《辞海》。

6. 先打开作业本。

7. 苦海,因为"苦海无边"。

8. 明天。

9. 纸花花瓶旁边的那一瓶是鲜花。

10. 因为走过去太慢。

第四章

我要做情绪的小主人，
良好情绪习惯让我
内心更强大

小刺猬的烦恼
——找到自己的强项

秋天到了,庄稼和各种水果都成熟了。这天,小刺猬和长颈鹿一起去帮袋鼠妈妈采摘成熟的向日葵。

长颈鹿的个子高、脖子长,所以一下子就能够到向日葵。可小刺猬个子太矮了,连一个向日葵也摘不到,这让他很不开心。

"唉,看来,我只能看着你们采摘向日葵了。"小刺猬沮丧地坐在地上说。

"你要是能长得和我一样高就好了。这样,你就能看到向日葵的花盘了。"长颈鹿一边说,一边麻利地摘着向日葵的花盘。小刺猬又无奈地叹了口气。

很快,向日葵就收割完了,小刺猬和长颈鹿还要去帮山羊大婶收割玉米。一路上,小刺猬一句话也不说。

这时,小花狗过来了,看到小刺猬这么不开心,就问:"小刺猬,你怎么了?"

"我……我觉得自己很没用……"小刺猬把自己的烦恼告诉了小花狗。

"咳!"小花狗安慰小刺猬说,"个子小有个子小的优点,不要难过,我们每天都要开开心心的。"

小刺猬、长颈鹿和小花狗来到山羊大婶的玉米地,小刺猬找了个凉快的地方坐下来,沮丧地说:"唉,我又帮不上你们什么忙了,我的个子实在太小了!"

于是,长颈鹿和小花狗帮山羊大婶收割玉米,小刺猬就噘着嘴不开心地坐在一旁看着。

收完了玉米,他们又来到小猪阿姨的草莓地,准备帮小猪阿姨收草莓。小刺猬低着头说:"我只能看着你们收草莓了。"说完,他一屁股又坐到了地上。

小花狗看了,就走过来拉着小刺猬说:"小刺猬,你看,长颈鹿够不到那些草莓了。"

"唉。"小刺猬叹了口气,说,"连长颈鹿都够不到,我就更够不到了。"

"不是啊，你快看看！"小花狗摇摇头说。

小刺猬抬起头一看，原来是草莓长得太矮了，长颈鹿的个子太高，根本没办法够到地面上的草莓。

小刺猬一下子跳起来，拿起篮子就跑进了草莓地。

"哈哈，我可以摘草莓啦！你们快休息下，让我来摘吧！"小刺猬开心地说。

小花狗也笑着说："你看，我们都各有所长吧？不管发生什么事，我们每天都要快乐，这才是最重要的！"

小刺猬点点头，开心地笑了。

◆ 想一想

1. 小刺猬为什么不帮助采摘向日葵和收割玉米？
2. 小刺猬摘到草莓了吗？为什么？
3. 你是一个不管遇到任何事都能每天保持快乐心情的孩子吗？

◆ 布马哥哥的悄悄话

★ ★ ★ ★

小朋友们,你们知道小刺猬开始为什么不开心吗?没错,因为他觉得自己的个子太小了,不能帮助大家采摘向日葵和收割玉米。可是,当他能帮小猪阿姨摘草莓的时候,立刻就变得开心起来。

其实,我们每天也会像小刺猬一样,遇到很多很多的烦恼。比如,作业没完成被老师批评了,考试没有取得理想的成绩,优秀学生评比落选了,和自己最好的朋友闹了矛盾……但不论什么时候,发生什么事,我们都要学会调节自己的情绪,不让这些烦恼影响我们的心情。小朋友们要记住:遇到困难和难题,我们努力想办法去解决就好了,就像小花狗说的那样:"我们每天都要快乐,这才是最重要的!"

★ ★ ★ ★

习 惯 让 我 更 优 秀

小松鼠扫雪
——"享受"困难

冬天,整个大森林都被白皑皑的大雪覆盖着。一大早,小松鼠拿着扫帚出来扫雪了,因为大雪已经把她的家门口堵住了。再这样下去,小松鼠都没办法出门了!

雪很厚,已经到小松鼠的肚子那里了。

"唉,这讨厌的大雪!下得这么大,都快要把我埋没了!"小松鼠一边叹着气,一边不开心地扫着。

可是,下雪对于小熊来说,却是一件非常开心的事。他一边走,一边在雪地里画着画,一会儿画一朵花,一会儿画一只小鸟,一会儿画一个自己的笑脸。有时,他还用手握紧一把雪,使劲儿扔向远处,看着雪花飞舞,他也欢快地上蹦下跳。

"哈哈,下雪简直太有趣了!我喜欢下雪,真希望这雪一直都这么大!"小熊乐呵呵地说道。

不知不觉,小熊来到了小松鼠的家门口。

"小松鼠,你为什么要把雪扫开呢?走吧,咱们一起去玩雪吧?"小熊说道。

"唉,这么厚的雪,都要堵住我的家门了,不扫怎么行?这么讨厌的雪,有什么好玩的?我真希望它们马上消失!"小松鼠一边扫,一边生气地说。

"啊,是的,大雪真的要把你的房子盖住了。"小熊看了看小松鼠的家,说道,"不过,你别着急,我和你一起扫雪,扫雪多好玩呀!"

"我觉得一点都不好玩!"小松鼠嘟囔着,"你看看,我都快累死了!"

"哈哈,看我的吧!"小熊从小松鼠手里接过扫帚,开心地扫了起来。小熊的力气大,不一会儿,他就在小松鼠家门口清理出几条小路。

"小熊,你可真能干!"小松鼠看着被清扫干净的小路,松了一口气。

"那当然!其实扫雪很好玩的,你看看,我画了什么?"小熊笑着说。

习惯让我更优秀

小松鼠蹦蹦跳跳地跑过来,仔细地看了看小熊用扫帚扫出来的画。

"哇,真像呀!原来你在雪地里画了我的样子呀!"小松鼠也笑了。

"对呀!小松鼠,别难过了,你看,扫雪很有趣的。"小熊说,"来,咱们在一起堆个大雪人吧!"

说完,小熊又拿起铲子,使劲儿地铲着雪,把雪堆起来。很快,他们面前就出现了两个可爱的雪人,小熊还把自己的围巾摘下来挂在了雪人的脖子上。

"哈哈,小熊,这个雪人像你,那个像我!"小松鼠指着雪人,咯咯地笑起来,"原来,下雪时也可以这么快乐呀!"

"哈哈,哈哈……"两个小伙伴一起开心地笑了起来。

◆ 想一想

1. 小熊去找小松鼠玩时,小松鼠在干什么?
2. 小松鼠为什么不开心?
3. 生气的小松鼠最后是怎样变得快乐起来的?

◆ 布马哥哥的悄悄话

小松鼠因为扫雪很累,所以很不开心。可对于小熊来说,下雪却非常好玩。最后在小熊的帮助下,小松鼠门前的雪都被清理干净了。最重要的是,气恼的小松鼠终于开心起来了。

小朋友们,有时候我们也会被一些不开心的事困扰,但如果试着变换一下角度,就会发现,一些不开心的事其实也能变得令人开心。就像小松鼠一样,当和小熊一起在雪地里画画、堆雪人时,之前扫雪的烦恼便一扫而空了。

所以,小朋友们在遇到气恼难过的事时,不妨试着去调节一下自己的情绪,多换个角度看问题,也许原本让人难过的事也能转化成快乐之源呢!

鱼儿顶月亮

——要看清事情的本质

夜晚,天空中有一轮又圆又亮的月亮,地面上有一个清澈的湖泊。天空中的月亮倒映在湖泊之中,就像一个圆圆的大盘子。

一群鱼儿看到了天空中的月亮,纷纷探出头欣赏。

"啊,天上的月亮可真圆啊!"

"是啊,是啊!太漂亮了!"

……

忽然,一条小鱼惊叫起来:"哎呀,不好了!月亮掉到水里啦!"

一听到小鱼的话,其他鱼儿纷纷钻回水里去看,果然在水中看到一个大月亮。

"哇,还真掉下来了!这可怎么办?"鱼儿们急得团团转。

"要不,咱们一起把月亮顶到天上去吧!"一条小鱼出主意说。

"对,对!就这么办!"大家纷纷响应。

于是,鱼儿们快速游到水里的月亮下面,想一起把月亮顶到天上去。

鱼儿们一游动,湖水便起了涟漪,水里的月亮忽然一下子不见了。

"咦?月亮怎么没了呢?"鱼儿们惊叫道。

忽然,一条小鱼又叫了起来:"快看,快看!月亮已经被我们顶上去了,它又在天上啦!"

鱼儿们都抬起头,一看,果然天上有一个圆圆的大月亮!

"哈哈,太好了!月亮又挂在天上了!"大家欢呼着,兴奋地拥抱在一起。

可是不一会儿,水面恢复平静后,鱼儿们又乱作一团,因为月亮又掉到水里了。大家又慌忙游到月亮下面,想把月亮顶上去,

正在大家忙活的时候,鱼妈妈来了。她见鱼儿们

都忙前忙后的,就好奇地问:"孩子们,你们在干什么呢?"

"妈妈,您快看,月亮从天上掉到水里了,我们正准备一起把它顶到天上去呢!"鱼儿们忙回答说。

鱼妈妈抬起头,看了看天上的月亮,又低下头看看水中的"月亮",笑着说:"傻孩子,这水里的月亮就是天上那个月亮的倒影呀!"

"啊?真的吗?"鱼儿们听了妈妈的话,都纷纷探出头向天上看去。果然,月亮正好好地挂在天上呢,根本没掉到水里!

"哈哈,太好了!"鱼儿们一起欢呼起来。

◆ 想一想

1. 当看到水里有个月亮时,鱼儿们为什么非常着急?
2. 鱼儿们把月亮顶上天空了吗?为什么?
3. 鱼儿们最后为什么又变得快乐起来?

◆ 布马哥哥的悄悄话

★ ★ ★ ★

小朋友们，你们见过月亮在水中的倒影吗？鱼儿们不知道，还把这倒影当成是天上掉下来的月亮呢！结果空忙活一场，是不是很好笑？虽然如此，但鱼儿们一起顶月亮时是多么团结、多么快乐呀！

小朋友们，不知你们有没有这样的体会，有些时候，我们觉得自己做了很多事情，但是到头来却发现没有太大用处，这是因为对于很多事情我们还没有抓住窍门，没有看清事情的本质。一旦通过仔细观察，找到解决问题的方法，相信我们做什么事情都会事半功倍的。

★ ★ ★ ★

小青蛙唱歌
——做个自信的人

　　小花猫在家里一边弹钢琴，一边随着钢琴高兴地唱着歌："喵喵喵，我是快乐的小花猫，爱吃鱼啊爱蹦跳……"

　　树上的一只小松鼠听到了，就跳下来，跑到小花猫旁边，一边拍手鼓掌，一边摇摇摆摆地跟着跳起舞来。

　　门外的小狗听到了，也跑进来，站到小花猫旁边，一边拍手鼓掌，一边跟着小花猫唱歌。

　　这时，小花猫发现门后有一只青蛙也在听自己弹琴唱歌，却不敢过来。

　　"小青蛙，小青蛙，你怎么不过来呢？你看，我们大家一起弹琴唱歌，多开心呀！"小花猫热情地邀请小青蛙。

"我……我怕自己唱得不好,因为……我跟你唱的不一样……"

"那有什么关系呢?"小花猫说,"我们每个人的声音本来就不一样啊,不信你听!"

"喵喵喵,汪汪汪……"小花猫指挥着小松鼠和小狗一起唱起歌来。

"哈哈,是的,大家的声音都不一样呢!"小青蛙一听,也高兴地跑到小花猫身边唱起来:"呱呱呱,我是田野里的歌唱家……"

好朋友们一起唱歌跳舞,可真开心呀!

大家听到青蛙的歌声简直着迷极了,都鼓起掌来。

小青蛙看到大家这么喜欢他的歌声,也更加自信了。

从此,每天大家都一起唱歌,大家在一起开心极了。

◆ 想一想

1. 小花猫在家里做什么?

2. 哪些小动物随着小猫的琴声一起唱歌跳舞?

3. 小青蛙为什么不敢跟着小花猫一起唱歌?最后小青蛙是怎么做的?

习　惯　让　我　更　优　秀

◆ 布马哥哥的悄悄话

★★★★

　　小青蛙一开始很不自信。他看到小猫、小松鼠和小狗在一起弹琴、唱歌、跳舞，却不敢加入他们的队伍。在小猫的鼓励下，他终于也变得自信起来，和小伙伴们一起快乐地唱起歌来。

　　其实，我们每个人都有自己的特长，这些特长不一定完全与别人一样，关键是要有自信才行。因为自信可以让一个人变得勇敢、快乐，让人能够积极地调整自己的不良情绪，从而努力克服自己的不足，发挥自己的长处，展现自己的优点。

　　小朋友，你是一个自信的人吗？其实不论遇到什么困难，我们都需要用积极的态度面对，多看到和利用自己的长处，这样才更容易获得成功。

★★★★

第四章 我要做情绪的小主人,良好情绪习惯让我内心更强大

小猴子种桃子
——坚持自己的想法

小猴子特别爱吃桃子。有一天,他拿着大桃子吃得正香,猴妈妈笑着说:"宝贝,你这么爱吃桃子,应该自己学着种一棵桃树呀!"

"哈,妈妈的这个主意真是太好了!"小猴子高兴地说。

春天的时候,小猴子从黄牛大叔那里要来一颗桃树种子,把它种到了院子里。每天,小猴子都精心地照料它,给它浇水、施肥。

过了几天,院子里真的长出一株小小的桃树苗,小猴子甭提多高兴了!

小熊看到了,不屑地说:"这么小的桃树苗,怎么可能结出又红又大的桃子呢?"

小猴子笑着说:"黄牛大叔说,这株树苗要过几年才能结出桃子呢!"

"这么长时间啊!"小熊摇摇头走了。

小猴子并不在乎小熊的话,还是每天给桃树苗浇水、施肥、松土,细心地照料着小桃树。

转眼就到了夏天,桃树苗长高了很多。屋顶上的喜鹊看到了,就叽叽喳喳地说:"小猴子,你的桃树还没开花呢,你得什么时候才能吃上它结出来的桃子啊?还不如去买点桃子吃呢!"

小猴子虽然也有点沮丧,但还是摇摇头说:"妈妈说过,要学会独立做事,我正在尝试呢!而且,我要坚持下去!"

几年后的春天,桃树终于开出了粉红色的桃花。小猴子仍然每天浇水、施肥。又过了一些日子,桃树叶子的下面长出了一个个绿色的小球球。

小花狗看到了,就汪汪汪地说:"小猴子,你的大桃子还没长出来呀?"

小猴子看着那一个个小小的绿球球,也有点伤心了:"唉,我也不知道呢!"

日子一天天过去了,小猴子仍然在细心地照料着桃树。小猴子发现,那些小小的绿球球在一天天地长大。

终于有一天,小猴子给桃树浇水时,发现桃子竟然成熟了!

"哇,我终于自己种出大桃子啦!"小猴子兴奋得又蹦又跳。

猴妈妈听到了,就对小猴子说:"宝贝,你真能干!赶快摘下桃子尝一尝吧!"

小猴子三步并作两步地爬上桃树,摘下了一个又红又大的桃子,"咔嚓"咬了一口:"啊,妈妈,这桃子可真甜呀!"

小猴子自己种出桃子的消息很快就传开了,小伙伴们都来看小猴子种的桃子,小猴子高兴地把桃子分给大家。大家都说,这是他们吃过的最甜最甜的桃子了!

◆ 想一想

1. 小猴子为什么要自己种桃树?
2. 小猴子种的桃树结出果子了吗?
3. 如果你是小猴子,你会自己种桃树,还是只会买桃子?

习 惯 让 我 更 优 秀

◆ 布马哥哥的悄悄话

★ ★ ★ ★

　　爱吃桃子的小猴子在妈妈的引导下，自己种了一棵桃树，并精心地照料这棵桃树。最终，小猴子吃到了自己种的桃树结出来的香甜的果子。想必在品尝到自己种出的桃子时，小猴子的心里是又甜蜜又幸福，之前那些沮丧、伤心的情绪，也完全一扫而空了。

　　品尝自己的劳动成果会让人产生满满的成就感和幸福感，哪怕之前经历了很多辛苦，也觉得很值得。小朋友们，你们有过这样的经历吗？如果没有，那也学学这只勤劳的小猴子吧！坚持到最后，一定能收获到属于自己的甜美！

★ ★ ★ ★

第四章 我要做情绪的小主人，良好情绪习惯让我内心更强大

爱拍照的小山羊
——分享才会更开心

小山羊刚刚过完生日，爸爸妈妈送给她一部相机作为生日礼物。小山羊可喜欢这部相机了，不管去哪儿，都要带着它去拍照。她的镜头里有花草、树木、山峦、河流，唯一没有的就是和她一起玩儿的小伙伴。因为小山羊觉得自己的相机很珍贵，不能随便拿到朋友们跟前。

有一天，小山羊正在小河边拍照，小兔子蹦蹦跳跳地跑过来了。

"小山羊，你在干什么？"小兔子问。

"没……没干什么。"小山羊赶紧把相机藏在身后。

"咦？你手里拿的什么呀？给我看看。"小兔子

朝小山羊身后看着说。

一看藏不住了,小山羊只好很不情愿地把相机从身后拿了出来,让小兔子看。

"哇,是相机啊!小山羊,能给我拍一张照片吗?"小兔子高兴地问。

"这……"小山羊吞吞吐吐地不说话。

"小山羊,你真小气!"小兔子有点生气,转身走了。

小山羊虽然觉得自己不该这样,但一想到相机这么珍贵,还是不愿意给别人拍照。

这时,小松鼠来了。看到了小山羊,小松鼠高兴地说:"小山羊,咱们一块去找小兔子玩吧?小兔子早晨说要请我们一起吃饭呢!"

"哦,是吗?"小山羊低着头。

"啊,小山羊,你的相机好漂亮呀!能不能给我玩一下?"小松鼠也看到了小山羊的相机,问道。

"我……"小山羊紧紧地抱着相机,还是不想给小松鼠玩。

"呃……那好吧,我去找小兔子了,你自己玩吧!"小松鼠明白了小山羊的意思,转身走了。

小松鼠走后，小山羊自己在河边继续拍照，可她却觉得非常孤单。她想了一会儿，觉得自己有点自私，所以不开心。

于是，小山羊来到小兔子家，小兔子、小松鼠、小花猫这些好朋友都在，大家正玩得开心呢！

小山羊来到伙伴们面前，低声说："对不起，是我太自私了！我应该和你们一起分享相机，一起分享快乐。"

"就是嘛，大家一起玩才开心呀！"小兔子拉着小山羊说。

于是，大家一起吃了兔妈妈准备的饭菜，还一起拍了好多照片。小山羊觉得，和好朋友一起拍照，比自己一个人拍照更快乐。

◆ 想一想

1. 小山羊为什么不给小兔子拍照呢？
2. 小松鼠走后，小山羊为什么感觉很孤单？
3. 小山羊最后与大家分享相机了吗？她感觉怎么样？

◆ 布马哥哥的悄悄话

★ ★ ★ ★

小山羊不愿意与小伙伴分享自己的相机,结果小伙伴都走开了,小山羊感到非常孤单。而当她与小伙伴一起分享时,却发现原来分享是那么快乐的一件事!

著名文学家高尔基曾说:"给"永远比"拿"快乐。不愿意与人分享的人,只想独自享用自己拥有的东西,就像小山羊一样,结果只会与孤单相伴,心情也不会好。而乐于与人分享的人,不但能收获很多快乐,还能赢得友谊。可以说,分享是一种很神奇的东西,能让快乐加倍,让悲伤减少。

所以,小朋友们,快点把你拥有的快乐也分享给别人吧!这样,你就能拥有更好的心境,收获到更多的快乐!

★ ★ ★ ★

第四章　我要做情绪的小主人，良好情绪习惯让我内心更强大

给猪妈妈的生日礼物
——爱让人成长

"哎呀，今天是5月10日啊，是妈妈的生日！"小猪欢欢撕下一页日历，看到日历上的日期后，自言自语地说。

欢欢过生日时，猪妈妈给她做了一个大大的草莓蛋糕。现在，欢欢长大了，妈妈过生日，她也打算送给妈妈一份生日礼物。

可是，怎么给妈妈买礼物呢？欢欢摸摸自己的口袋，里面空空的，一分钱也没有。

"要不，我去找点活儿干吧！"欢欢想，"干活挣到钱就能给妈妈买礼物了。"

想到这里，欢欢大步走出家门，向集市跑去。

来到集市，欢欢看到马伯伯的面前摆着两个大

筐，里面装满了红红的苹果。马伯伯正在使劲儿地吆喝着："卖苹果咯！又大又甜的苹果，快来买啊！"

"马伯伯，我帮您卖苹果吧！我吆喝的声音很大的！"欢欢走过来说。

"不用，不用！我自己能吆喝，你听我吆喝的声音不是也很大吗？卖苹果咯……"马伯伯摆摆手说。

欢欢只好走开。没想到刚走几步，马伯伯却又叫住了她："小猪，要不你帮我卖一会儿苹果吧！我再回家挑一筐苹果来卖。要是我回来时苹果一个没丢，我就送你一个大苹果。"

"好啊，好啊！"欢欢高兴地答应了。

马伯伯一走，欢欢立刻学着马伯伯的样子吆喝起来："又大又甜的红苹果，快来买呀！"

有两只小羊听到欢欢的吆喝声，过来买了十几个大苹果。

过了一会儿，马伯伯挑着一筐苹果来了，欢欢把卖苹果的钱交给了马伯伯。

"哟，小猪，你真能干啊！赚了这么多钱！"马伯伯高兴地说。

于是，马伯伯送给欢欢两个又红又大的苹果。

欢欢向马伯伯道了谢,欢喜地抱着两个大苹果往家跑,准备把苹果作为礼物送给妈妈。

刚跑到家门口,还没进门,欢欢就大声喊起来:"妈妈,我……我给您准备了生日……礼物!"

猪妈妈听到欢欢的喊声,忙从屋里跑出来。只见欢欢累得满头大汗,怀里抱着两个大苹果。

"妈妈,这是……是我帮马伯伯干……干活挣来的,是……是送给您的……生日礼物,祝……祝您生日快乐!"欢欢边跑向妈妈,边哼哧哼哧地说。

猪妈妈感动极了,一下子跑过去抱住欢欢,激动地说:"谢谢你,宝贝,你真是长大了!妈妈非常喜欢你的礼物!"

欢欢依偎在妈妈怀里,感觉好幸福呀!

◆ 想一想

1. 小猪欢欢为什么要出去干活?
2. 欢欢在集市上找到了什么活儿?
3. 欢欢送给妈妈什么礼物?妈妈收到礼物后开心吗?

习 惯 让 我 更 优 秀

◆ 布马哥哥的悄悄话

★ ★ ★ ★

　　小猪欢欢因为感激妈妈的爱，在妈妈过生日时，依靠自己的劳动，为妈妈准备了一份特殊的生日礼物。小朋友们，你们说，小猪欢欢是不是很爱她的妈妈？她是不是一个懂得感恩、非常懂事的好孩子？

　　你也一定很爱自己的爸爸妈妈吧？在爸爸妈妈过生日时，你有没有送给他们礼物？其实，不管你送给爸爸妈妈什么礼物，他们一定都非常喜欢，也非常开心，因为他们体会到了你对他们的爱。而能让爸爸妈妈开心，我们自己也会感到很幸福。

★ ★ ★ ★

小狗种花
——把快乐带给他人

这天，小狗吃完早饭就去找好朋友一起玩。

他来到小兔子的家，看到小兔子正在田野里忙活着。

"小兔子，你在忙什么呀？"小狗好奇地问。

"春天来了，我在种胡萝卜，这样到了秋天，我就能收获很多胡萝卜了。"小白兔一边擦着额头上的汗珠，一边笑着回答。

小狗又去找袋鼠姐姐，看到袋鼠姐姐也正在自家花园中埋头干活呢！

"袋鼠姐姐，你在忙什么呀？"小狗问。

"春天来了，我在种向日葵，等到夏天它就会开出很多葵花来。"袋鼠姐姐笑着说。

说完,袋鼠姐姐又忙着给向日葵浇水去了。

小狗只好又来找小山羊,结果看到小山羊正拿着铲子和水桶往外走呢!

"小山羊,你打算去哪里呀?"小狗问。

"春天来了,我要去种麦子,到了秋天,我就能收获很多麦穗啦!"小山羊边说边往外走。

看到大家都这么忙,小狗只好回家。回到家里,看着自己花园里的杂草,小狗心想:春天来了,大家都在忙,可我该种点什么呢?

"对了,我可以在花园中种一些花呀!这样我的花园里就能开出很多漂亮的花朵啦!"

于是,小狗找来工具,开始除草、播种、施肥,忙活得汗流浃背。不一会儿,他就在花园里种上了许多花。

劳动虽然很辛苦,但也很快乐!小狗擦着额头上的汗珠,心里高兴地想。

小伙伴们都忙完了,来找小狗一起玩。看到小狗在花园中忙,就问:"小狗,你在花园里种了什么呀?"

"哈哈,春天到了,我种了很多很多的花,这样我就能收获很多快乐。"小狗咯咯地笑着说。

"收获快乐?"小伙伴不明白小狗的意思。

"对啊!它们等长出来,开了花,我就把我种出来的花拿去送给你们,让你们插在自己的屋子里,那样,你们每天都能看到鲜艳的花朵,难道不快乐吗?"小狗解释说。

"哈哈,是的,很快乐!谢谢你,小狗!"小伙伴们异口同声地说。

◆ 想一想

1. 小动物们都在种什么?
2. 小狗在自己的花园里种了什么?
3. 到了秋天,小狗会收获什么?

◆ 布马哥哥的悄悄话

★ ★ ★ ★

小朋友们,你们热爱大自然吗?大自然中有很多美好的东西,也能给我们带来很多快乐。当你心情不

习 慣 让 我 更 优 秀

好时,到大自然中走一走、逛一逛,烦恼的情绪很快就会烟消云散了。

同时,在大自然中劳动也是一件十分愉快的事,可以让你收获很多——像小动物们一样,春天种下自己喜欢的种子,到秋天就能收获很多果实。就连起初不知道该种什么的小狗,也种起了漂亮的鲜花,并想在开花时送给小伙伴,给小伙伴带去快乐。大自然简直是一种赶走烦恼、产生快乐的神奇力量呀!

★ ★ ★ ★

测试乐园

◆ 测试题目

以下是一组情绪习惯的小测试,小朋友们,请认真回答下面的几个问题:

1. 你经常无缘无故地感到不开心吗?
  A. 是 B. 否

2. 每天起床后,你会感觉精力充沛、心情愉快吗?
  A. 是 B. 否

3. 当小伙伴弄坏你的玩具后,你会因此而生气好几天吗?
  A. 是 B. 否

4. 你总是会很努力地去做自己应该做的事吗?
  A. 是 B. 否

5. 和小朋友一起玩时,你会感到很开心吗?
  A. 是 B. 否

6. 你喜欢把自己心爱的东西拿出来与小朋友一起玩吗?

   A. 是　　　B. 否

7. 如果别人在某件事情上错怪了你,你会感到难过和委屈吗?

   A. 是　　　B. 否

8. 当你做错了事,即使爸爸妈妈没批评你,你也会觉得很难受吗?

   A. 是　　　B. 否

9. 你会觉得自己已经长大了,能帮爸爸妈妈做一些力所能及的家务吗?

   A. 是　　　B. 否

10. 爸爸妈妈要你做某件事时,你会觉得很有信心吗?

   A. 是　　　B. 否

11. 没能完成爸爸妈妈交给你的任务,你会感到很难过吗?

   A. 是　　　B. 否

12. 你喜欢和小朋友合作完成某件事吗?

   A. 是　　　B. 否

13. 没有人和你一起玩时,你会感到孤单吗?

   A. 是 B. 否

14. 你希望能在学校(幼儿园)表现得很好,从而得到老师的表扬吗?

   A. 是 B. 否

15. 你喜欢大自然吗?乐于到大自然中找一些有趣的事情做吗?

   A. 是 B. 否

◆ 计分方法

在以下的答案计分栏中,如果A=1,B=0,则表示这道题选A得1分,选B得0分。其他题依此类推。

题号	答案计分	题号	答案计分	题号	答案计分
1	A=0;B=1	6	A=1;B=0	11	A=1;B=0
2	A=1;B=0	7	A=1;B=0	12	A=1;B=0
3	A=0;B=1	8	A=1;B=0	13	A=1;B=0
4	A=1;B=0	9	A=1;B=0	14	A=1;B=0
5	A=1;B=0	10	A=1;B=0	15	A=1;B=0

◆ 参考评语

0~5分：**你的情绪习惯很消极。**

你的情绪很不稳定，爱发脾气，而且不够自信，缺乏自信心，经常会将失败归因于自己不行。小朋友，其实你很棒的，加油哦！

6~10分：**你的情绪习惯比较消极。**

你的情绪时常会不稳定，心里比较敏感脆弱，容易受到伤害，也比较缺乏自信心，遇到挫折和失败时容易迷茫无助，不知该如何调节自己的情绪。小朋友，要好好调整自己，做个积极向上的人哦！

11~15分：**你的情绪习惯比较积极。**

你的情绪习惯比较稳定，通常都能很好地调整自己的情绪，较少出现激烈的情绪反应，具有良好的自信心，有较为积极的自我评价。遇到困难时，也能很好地调节自己的情绪。再接再厉哦！

第五章

我有良好的品行习惯，它可以让我变得更优雅

小松鼠借篮子

——懂礼貌才会受欢迎

小松鼠的篮子坏了,便想找小伙伴去借一个来用。

小松鼠先飞快地冲到小象家,然后使劲儿地拍打着小象家的门:"小象,小象,把你的篮子借给我用用!"

小象正在睡觉,被小松鼠的拍门声惊醒了,他很不高兴地说:"你去别处借吧,我的篮子太大了,你用不了!"

小松鼠又来到小山羊的家,伸出手不停地敲门。小山羊急忙打开门,还没弄清怎么回事儿呢,就听见小松鼠大声说:"把你的篮子借给我用一下!"

"没有!"小山羊觉得小松鼠太没礼貌了,生气地关上了门。

小松鼠又跑到小白兔家，看到小白兔正提着篮子在园子里摘菜。

"把你的篮子借给我用一下！"说着，小松鼠便伸手去拿小兔子手中的篮子。

"你怎么这么没礼貌？难道没看见我正在用吗？"小兔子也生气地说。

小松鼠借了一圈，也没借到篮子，沮丧地往回走。

这时，老马伯伯看到了小松鼠，就问："小松鼠，你怎么了？看起来好像不开心呀！"

小松鼠就把自己借篮子的事跟老马伯伯说了一遍。

"哈哈，"老马伯伯笑着说，"小松鼠，这就是你的错了！你去小象家、小山羊家，都应该轻轻地敲门，这是礼貌。"

"哦，怪不得他们都生气了呢！"小松鼠点点头，说道。

"小兔子正在用篮子，肯定不能借给你，你不该伸手就拿呀！"老马伯伯继续说。

"原来是这样。"小松鼠终于意识到了自己的错误。

小松鼠按照老马伯伯说的，又来到小象家，轻轻地敲了敲门。

"是谁呀？"小象打开了门，一看是小松鼠，便问，"有什么事吗，小松鼠？"

"对不起，小象，刚才我太不懂礼貌了，吵醒了你。我的篮子破了，你能把篮子借给我用用吗？"小松鼠摸摸头说。

"没关系。"小象转身拿出自己的篮子，递给小松鼠说，"给你，拿去用吧！"

可小象的篮子确实太大了，小松鼠向小象道了谢，又去找小山羊和小白兔道歉，最后从小山羊那里借到了篮子。

提着篮子走在回家的路上，小松鼠心里想：原来懂礼貌这么重要呀！

◆ 想一想

1. 小松鼠第一次为什么没有借到篮子？

2. 小松鼠第二次在谁那里借到了篮子？这次为什么借到了呢？

3. 你是个懂礼貌的孩子吗？你觉得懂礼貌的人会受到欢迎吗？

◆ 布马哥哥的悄悄话

小朋友们,你们喜欢小松鼠第一次借篮子时的行为吗?是不是你们也觉得他很不礼貌?

没错,大家都不喜欢不懂礼貌的小朋友,也不愿意与不懂礼貌的小朋友交往,所以,我们可千万不要学小松鼠第一次借篮子时的样子哦!而要学习他第二次借篮子时的样子,到别人家要轻轻敲门,用别人的东西要道谢,打扰了别人要说"对不起"……这样做,既是对别人的尊重,也是一种有修养的表现呢!只有养成了这些懂礼貌的行为习惯,我们才能成为一个受欢迎的人,才能拥有更多的好朋友。

小猴子骗桃

——不做说谎的孩子

黄牛大叔在院子里种了一棵桃树。每年桃树上都结满了又大又红的桃子。

有一只爱吃桃子的小猴子,望着满树的大桃子,馋得口水直往下流:"啊,这桃子一定很甜很甜!"

黄牛大叔看到了,就笑着说:"去摘几个尝尝吧!"

"谢谢黄牛大叔!"小猴子急忙噌噌噌地爬上树,在树上一直吃到肚子像个圆圆的小鼓,才恋恋不舍地从树上下来。

过了几天,小猴子又想起了黄牛大叔家的桃树:"啊,要是能再吃上几个大甜桃,那该有多好呀!"

想了一会儿,小猴子忽然想出一个"好办法"。

可是，这是撒谎呀，撒谎不是好孩子，这能行吗？

"唉，就这一次！"小猴子安慰自己说。

于是，小猴子又来到黄牛大叔的院子里。

"黄牛大叔，山羊阿姨听说您家的桃子结得又红又大，就想要几个尝尝，让我来帮她拿。"

"好啊，好啊！"黄牛大叔边说着，边拿出一只篮子递给小猴子，"你去帮她摘一些吧！"

小猴子接过篮子，又噌噌噌地爬上树，摘了满满一篮桃子提走了。路上，小猴子又吃了个饱！

过了几天，小猴子又想起了甜甜的大桃子，却早已把"就这一次"忘得干干净净了。于是，他又来到黄牛大叔家。

"黄牛大叔，小松鼠生病了，他很想吃几个桃子……"

"哦，这样呀！那你快摘一些给小松鼠捎去吧！"

小猴子又摘了满满一篮桃子，回家的路上又把桃子吃光了。

就这样，小猴子隔几天就编个谎话去骗黄牛大叔家的桃子，心里一点儿不感到羞愧，只觉得桃子简直

习惯让我更优秀

太美味了!

可是,谎话总有被揭穿的一天。有一天,黄牛大叔去小猴子家借东西,路上却发现了很多桃核。

"唉,这只小猴子呀!"黄牛大叔摇摇头,叹了口气。

这天,小猴子又编了一个谎话,来黄牛大叔家骗桃子吃了。

"小猴子,你来啦!"黄牛大叔和蔼地说,"我就知道你会来的,你看,我正好有点东西要送给你呢!"

"啊,是什么呀?"小猴子见黄牛大叔身边放着一个很大的麻袋,心里不由得一阵喜悦。

可是,小猴子打开一看,脸立刻就红了。原来,麻袋里装的全是桃核。

"这是在你经常来我家的路上捡到的。"黄牛大叔说。

"呃……这个……"小猴子羞愧得半天说不出话来。

◆ 想一想

1. 小猴子为什么要说谎?
2. 小猴子的谎言是怎样被黄牛大叔识破的?
3. 你说过谎吗?你觉得说谎的行为对吗?

◆ 布马哥哥的悄悄话

小猴子为了吃到香甜的桃子,好几次编造谎言去欺骗黄牛大叔,实在是太不应该了!而且,"纸是包不住火的",谎言总会被识破,一旦被识破了,该有多羞愧呀!

所以,小朋友们不要说谎哦。若养成了经常说谎的习惯,就会像故事中的小猴子一样,一旦被人识破,不但自己感到羞愧,还会因此而失去朋友的信任,多得不偿失啊!

袋鼠的花园
——做错事要敢于承认

"哈,快看,我的风筝飞得好高呀!"

"是啊,是啊!哈哈,我的风筝也飞起来啦!"

原来,小猴子和小花狗正在草地上放风筝呢!他们两个玩得可欢快了,不停地追着风筝跑来跑去,都没注意自己已经跑到袋鼠阿姨的花园里了。

风筝还在忽高忽低地往前飞着,小猴子和小花狗一蹦一跳地追着,风筝从袋鼠阿姨花园的这头飞到那头,最后飞了出去。小猴子和小花狗也跟着风筝跑出了花园。

"哈哈,太好玩了!"小猴子欢呼着。

"是呀,今天实在是太开心了!"小花狗也高兴地说。

"啊,快看,咱们都跑到袋鼠阿姨的花园这头了。"小猴子大口喘着气说。

"啊,离家好远了,咱们赶快返回去吧!不然妈妈找不到咱们该着急了!"小花狗吐了吐舌头说。

于是,小猴子和小花狗都高高兴兴地回了自己的家。

第二天,小猴子还没起床,小花狗就气喘吁吁地跑来敲门了。

"小猴子,快开门!"小花狗在门外着急地喊道。

"什么事呀,小花狗!这么早就来敲门!"小猴子迷迷糊糊地打开门,问道。

"袋鼠阿姨花园里的花被人踩坏了,袋鼠阿姨正在生气呢!你知道吗?是咱们昨天放风筝时踩坏的。"小花狗说。

"啊?那咱们快去看看吧!"小猴子急忙拉着小花狗,向袋鼠阿姨的花园跑去。

到了袋鼠阿姨的花园一看,糟糕!花被踩得乱七八糟的,有几株花都被踩倒在地上了。

"这可怎么办呀?"小花狗焦急地问。

"能怎么办?我们去给袋鼠阿姨道歉吧!"小猴子说。

习 惯 让 我 更 优 秀

小猴子和小花狗来到了袋鼠阿姨家，袋鼠阿姨正坐在家里生气呢："不知道是谁踩坏了我的花！要是被我抓到了，我一定狠狠地揍他一顿！"

"袋鼠阿姨，对……对不起，是……是我们踩坏了花，我们不是故意的。"小猴子低着头说。

"是啊，袋鼠阿姨，都是我们的错。为了弥补这个过失，我们想帮您拔花园中的杂草，您能原谅我们吗？"小花狗也低着头说。

"原来是你们两个踩坏的呀！"袋鼠阿姨见小猴子和小花狗很诚恳地道歉了，就笑着说，"做错了事能主动承认错误就是好孩子，那就帮袋鼠阿姨到花园里拔一天杂草吧！"

◆ 想一想

1. 小猴子和小花狗为什么踩坏了袋鼠阿姨的花？
2. 为了求得袋鼠阿姨的原谅，小猴子和小狗是怎样做的？
3. 你认为小猴子和小花狗做错事后的处理方法对吗？为什么？

◆ 布马哥哥的悄悄话

★ ★ ★ ★

　　每个人都不是十全十美的，都会做错事，关键在于做错事后是否敢于承认，是否愿意承担责任。勇于承担责任的人，也一定拥有良好的品行习惯，因此也更容易受到他人的欢迎，赢得他人的信任。

　　小朋友们，你在犯错后会勇敢地承认错误、承担责任吗？其实犯错并不可怕，错误对于我们来说也是一笔成长的财富哦！因为它可以让我们获得重新思考的机会，帮助我们在成长和自我完善的道路上再迈出一步。所以，一旦犯错后不要逃避，也不要推卸责任，而应该像故事中的小猴子和小花狗一样，勇敢地承认错误，并尽力去改正、去弥补。当你勇敢地承认错误时，你也会发现，世界原来如此宽容！

★ ★ ★ ★

大狮子和小甲虫
——不要骄傲自大

有一只威武的大狮子,非常自负。每天,大狮子都会站在镜子前面,不停地欣赏镜子中的自己:"啊,看看我这威武的模样,多么气度不凡!我简直就是世界上最雄壮的狮子!"

欣赏完自己后,大狮子又抖了抖尾巴,昂起头说:"我要到草原上去走走,得让那些无知的动物认识认识我,知道他们的领袖是多么高贵雄壮的兽中之王!"

于是,大狮子穿上自己最喜欢的红色礼服,戴上自己最喜欢的缀满珍珠的帽子,走出了家门。

一路上,看到大狮子的小动物们都被吓坏了,纷纷躲避起来。来不及躲避的,便急忙弯下腰向大狮子

第五章　我有良好的品行习惯，它可以让我变得更优雅

鞠躬行礼。

"这就对了！"大狮子傲慢地说，"我是这草原上最高贵的动物，你们给我鞠躬行礼也是理所当然的。"

这时，路边一只小甲虫碰见了大狮子，躲避不及，被大狮子发现了。

"嘿，你这只不知死活的小虫子，竟然不给我行礼？"大狮子怒吼道。

"啊，最最尊贵的狮子大王，"小甲虫哆哆嗦嗦地说，"我怎么敢不给您行礼呢？只是我的个子太小了，您看不清楚。不信您靠近一点仔细看，就会看到我正在给您鞠躬行礼呢！"

"真的吗？"大狮子果然弯下身子，伸长了脖子，仔细地看着地下的小甲虫，"你这只小虫子，真是太小了！我还是看不清，你到底有没有给我行礼呀？"

"当然了，最最尊贵的狮子大王！"小甲虫说，"您再靠近一点看，肯定就能看清我正在行礼呢！"

大狮子又使劲儿向下弯了弯身子，伸了伸脖子。可这一使劲儿，大狮子头上缀满珍珠的帽子一下子掉

了下来。大狮子顿时感到头重脚轻,一头栽倒在地上。

"哎呀呀,好疼啊!"大狮子的头被撞了一个大包,他捂着头在地上边滚边吼叫着,一不小心滚进了路边的水沟中。

就这样,不可一世的百兽之王,一下子成了一只满身泥巴的泥狮子。

◆ 想一想

1. 大狮子为什么那么骄傲自大?
2. 小甲虫见到大狮子后,给大狮子行礼了吗?
3. 大狮子最后为什么变成了一只泥狮子?

◆ 布马哥哥的悄悄话

★ ★ ★ ★

大狮子仗着自己身材魁梧,以为天下无敌,盲目自满,结果却栽到了一只小甲虫的手里,变成了一只泥巴狮子!读完这个小故事,小朋友们是不是觉得大狮子很可笑呀？

其实，大狮子也可以算得上是兽中之王了，但不幸的是，他太骄傲自大，只看到自己的长处，看不到别人的优点，以为自己就是天下第一。却不知，人外有人，天外有天，任何人都不可能成为天下第一。有时候，小朋友们可以为自己的优点感到欣喜，但千万别养成骄傲自负的品行习惯，走到哪儿都觉得自己无人能比，那可就不好了！这样不但会惹人讨厌，还可能因此而故步自封，难以进步。

★ ★ ★ ★

爱说大话的棕熊
——诺言要及时兑现

有一只棕熊,特别爱说大话,却总不见他兑现自己的诺言。

有一天,棕熊和小鹿一起经过小河上的独木桥,见桥上的木板漏了一个洞,棕熊说:"桥上有洞是很危险的呀!不小心踩坏了,会掉下去的。等我有时间了,我就找一块新木板,把这块烂木板换下来。"

又有一天,棕熊和小山羊一同在村里的小路上散步,见小路坑坑洼洼的,上面还有很多杂乱的小石块,棕熊说:"这条路高低不平,还有很多小石块,不小心踩到了会摔跤的!等我有时间了,我就用铲子把小路铺平了。"

此外,当棕熊看到村边的小花园里有杂草了,就说等他有时间了一定把杂草除干净;看到河边的小树被风吹倒了,就说等他有时间了要把小树都扶起来……

一开始小动物们听了棕熊的话,都夸他心里想着大家,是个乐于做好事的家伙。可渐渐地,小动物们不再相信棕熊说的话了,都说他只会说大话,一点都不真诚。

棕熊听到了小动物们对他的评价,感到很委屈。他对小猴子说:"以前大家对我评价都很好,现在却说我说大话、不真诚。我要追查,看看是谁破坏我的名誉!"

小猴子摇摇头说:"棕熊大哥,你总是说自己要干这个、要做那个,可到现在为止你什么都没做,大家批评你也很正常呀!"

棕熊生气地说:"修桥、铺路、拔草我什么都能干,根本不需要花多大力气就能做完。我怎么就是说大话了呢?"

"可是,你一件都没做呀!"小猴子说完,转身走了。

不久,小猴子找来工具,抽出时间把桥修好了,把路铺好了,把花园中的杂草也拔干净了。

小动物们纷纷夸小猴子做了好事,是大家的榜样。棕熊听了这些话,感到十分惭愧。

◆ 想一想

1. 棕熊都许下了什么诺言?
2. 小动物们为什么说棕熊不守诺言爱说大话?
3. 大家为什么都夸奖小猴子?

◆ 布马哥哥的悄悄话

★ ★ ★ ★

小朋友,你是个遵守诺言、说到做到的人吗?许诺是一种责任和担当,当你向别人许下了诺言,就一定要说话算数,及时兑现你的诺言。可千万别学那光说不做的棕熊哦,那样的人是不受欢迎的。

小朋友们,你们知道吗?诚实守信是一种良好的品德,也是一种优秀的习惯。当你养成了这一习惯,你在许诺时就会变得很谨慎,做不到的事也不会信口开河,随便许诺;而一旦做出了承诺,就会努力实现,绝不失信于人。只有做到诚实守信,你才会得到大家的赏识,赢得大家的尊重和友谊。

被砍光的竹林
——爱护公共资源需要大家一起努力

小河边有一片美丽的竹林,长得郁郁葱葱,很是茂盛。

有一天,小花狗拿着砍刀来到竹林,砍了一根细细的小竹子,准备拿回家。

"小花狗,你砍竹子做什么?"小猪看到了,就问小花狗。

"我……我想做一根钓鱼竿,去小河里钓鱼。"小花狗红着脸说。

"哦,哦,那我也砍一根去!"

小猪说完,转身跑回家,拿着砍刀也到竹林里砍了一根竹子,准备拿回家。

"小猪,你砍竹子做什么呀?"小猴子看到了,就问小猪。

"我……我看到小花狗砍了一根竹子做钓鱼竿,也想砍一根拴在树上,用来晾衣服。"小猪红着脸说。

"哈哈,那我也去砍几根,我正想做个竹椅呢!"

小猴子说完,也转身跑回家,拿着砍刀来到竹林,砍了两根又粗又长的竹子,拿回家去做竹椅了。

小羊、小熊、小兔子和其他小动物见小花狗、小猪、小猴子都去竹林里砍竹子,心里感到很不平衡:竹林是大家的,他们能去砍,自己不去砍,岂不是吃亏了?不行,我可不能吃亏!砍了拿回来,做竹筐、竹席都行呀!

于是,小动物们都跑回家拿上砍刀,跑到竹林里砍竹子。没几天,竹林里的竹子就被砍光了。

这天,熊猫村长外出开会回来了。"咦?竹林怎么不见了?"走到村口,没看到竹林,熊猫村长还以为自己走错了路。

回到村里,熊猫村长便问小猴子:"你知道这片竹林是被谁砍的吗?"

"这不关我的事,村长。我是看到小猪砍了竹子回家做晾衣架,我才去砍的!"小猴子急忙解释说。

小猪听了,不服气地说:"也不关我的事,村长。我是看见小花狗去砍了竹子要做钓鱼竿,我才砍了一根,而且只砍了一根啊!"

小花狗听了,委屈地说:"我是去砍了竹子,可我只砍了很细很细的一根小竹子而已!"

"你们真糊涂!"熊猫村长非常生气地批评了大家,"小花狗虽然只砍了一根很细的竹子,但却带了一个很坏的头!而你们看到别人砍了竹子不去制止、批评,还抱着占便宜的心理,跟着这个坏'榜样'一起去砍竹子,结果竹林全被砍光了!这么美丽的一片竹林,就这样没有了,你们不难过吗?我决定,凡是去砍竹子的小动物都要受罚,好让你们牢牢地记住这个教训!"

◆ 想一想

1. 小花狗为什么要去竹林里砍竹子?
2. 小动物们为什么把竹林砍光了?
3. 熊猫村长回来后,为什么狠狠地批评了大家?

◆ 布马哥哥的悄悄话

★ ★ ★ ★

有些人总是将自己周围的环境资源当成一种免费的资源，任意地践踏破坏，不知道珍惜保护。比如，随意踩坏公园里的小花小草，在一些古建筑上乱刻乱画，将一些公用的东西拿回家据为己有……这些都是很不文明的行为！小朋友们一旦遇到了，一定要坚决制止。可千万别学故事中的那些小动物，看到别人"占便宜"，自己不去占便宜怕吃亏，于是也心安理得地跟着占便宜。到最后，破坏了环境是每一个人的损失。

懂得保护环境，保护公共资源，是一种良好的品行习惯，这不仅能提高我们的修养，更能让我们每个人从中受益。这才是小朋友们应该做的。希望小朋友们都能养成爱护环境、爱护公共资源的好习惯。

★ ★ ★ ★

习 惯 让 我 更 优 秀

长鼻子小象
——要懂得顾及别人的感受

象妈妈在家里准备午饭,小象觉得很无聊,便独自一人跑到森林里散步。

走着走着,小象看到小白兔在晾衣服,就跑过去,伸出他的长鼻子把小白兔的衣服提了起来,挂在了高高的树上。

"喂,小象,你在干什么?难道你没看到我正在晾衣服吗?"小白兔生气地说。

"哈哈,谁叫你个子这么矮!这下你没办法拿到衣服了吧!"小象看着小白兔即使伸长了胳膊也还是够不到挂在树上的衣服,在一旁幸灾乐祸地说。

"你真是一只讨厌的小象!"小白兔没够到衣服,生气地转身找人帮忙去了。

我有良好的品行习惯，它可以让我变得更优雅

小象离开小白兔家，看到不远处小熊正在放风筝，就跑过去，伸出长鼻子抢过了小熊手中的风筝线。

"小熊，你太笨了，还是让我来吧！哈哈，真好玩！"小象拿着风筝开始放。

"小象，那是我的风筝，你快还给我！"小熊生气地说。

"就不给你，现在它是我的风筝了！"小象边说，边开心地放着风筝。

"你真是一只讨厌的小象！"小熊没要回风筝，生气地走了。

小象玩了一会儿，就回家了。他对象妈妈说："妈妈，小白兔和小熊一定是忌妒我有漂亮的长鼻子，所以才说我是'讨厌的小象'。"

象妈妈说："孩子，不要总埋怨别人，你应该好好检讨一下自己！"

小象吃过午饭后，又去森林里玩。他看到小白兔没找到人帮忙取下挂在树枝上的衣服，正望着衣服难过地哭，便急忙跑过去，用长鼻子把衣服取下来还给了小白兔。

习 惯 让 我 更 优 秀

小白兔接过衣服,感激地说:"谢谢你,小象。你真是一只可爱的小象!"

小象又看到小熊的风筝被风吹到了小溪对面的树枝上,小熊够不到,正着急地在小溪边走来走去,便急忙跑过去,用长鼻子把小熊的风筝够了下来,还给小熊。

小熊接过风筝,感激地说:"谢谢你,小象。你真是一只可爱的小象!"

小象听到小白兔和小熊叫自己是"可爱的小象",心里美滋滋的,便跑回家告诉了象妈妈。

象妈妈微笑着对小象说:"听到别人赞扬你,我很高兴。但让我更高兴的是你改变了只顾自己不顾别人的坏习惯,懂得为别人着想了。"

◆ 想一想

1. 开始时,小象为什么被称为"讨厌的小象"?
2. 小象后来为什么又被称为"可爱的小象"?
3. 你是一个懂得为别人着想的孩子吗?

◆ 布马哥哥的悄悄话

小朋友们,你们喜欢帮助别人吗?当你们帮助别人时,心里是不是很高兴?其实,这就是懂得为别人着想、喜欢助人为乐的良好行为。

当别人遇到困难时,懂得为别人着想的人不会袖手旁观,更不会幸灾乐祸,而是会设身处地地站在别人的角度,急人所急,想人所想,尽心尽力地帮助他们。这样的人,一定会受到别人的喜爱和尊重。要知道,一个人是否具有良好的品行习惯和教养,也表现在是否乐于助人上。

所以,小朋友们,如果你们是乐于助人的人,请一定要保持这一良好的习惯哦!相信,你们也会因此而赢得越来越多的友谊,收获越来越多的爱与幸福。

习惯让我更优秀

爱起外号的小猪
——要学会尊重他人

在动物学校里,小猪和小猴子、小灰兔、小松鼠是好朋友,大家经常在一起,玩得很开心。

一开始,小猪很懂礼貌,对好朋友也很客气友好。可渐渐地,他就变得很随便了,开始给好朋友起外号,觉得这样称呼他们很有趣。

一天,小猪看到小猴子正在爬树,就大笑着指着小猴子的屁股说:"哈哈,'红屁股'!以后你就叫'红屁股'吧!喂,'红屁股',你爬树的本领真不错呀!"

小猴子一听,非常生气,就大声说:"小猪,你不能乱起外号,这样不好!"

"有什么不好的?难道你的屁股不是红的吗?哈

哈,这个外号很适合你呀!"小猪大笑着说。

小猴子生气地爬上树,坐在树上,不再理小猪。

小猪见小猴子不理他,就去找小灰兔。看到小灰兔正在草地里吃青草,小猪就一边笑一边指着小灰兔说:"嘿,'三瓣嘴',你又在吃青草啦!"

小灰兔抬头看了一眼小猪,生气地说:"小猪,你怎么能乱给朋友起外号呢?"

"有什么大不了的!再说了,你的嘴巴本来就是三瓣的呀。这个外号很适合你,叫起来很好听啊!"小猪若无其事地说。

过了一会儿,小猪又碰到了小松鼠,就又大声说:"哎,'大尾巴',你在干什么?"

小松鼠瞪了一眼小猪,说:"你这样乱起外号真无趣!"

"你的尾巴本来就大呀,我觉得这样称呼你很有意思啊!"小猪摊开手说。

第二天早晨,小猪刚一进学校门,小猴子就指着他的大耳朵说:"喂,'大耳朵',早啊!"

小灰兔也来到小猪跟前,大声说:"哎呀,'大耳朵'来上学啦!"

习 惯 让 我 更 优 秀

小猪听到朋友们叫自己"大耳朵",很生气地说:"我的耳朵是有点大,但是你们不能这样取笑我,这是不礼貌的!"

小松鼠从远处走了过来,对小猪说:"可你给别人起外号却觉得很有趣呀!怎么现在别人给你起外号,你却受不了了呢?"

◆ 想一想

1. 小猪都给朋友们起了什么外号?朋友们喜欢自己的外号吗?
2. 小猪为什么不喜欢朋友们叫他"大耳朵"?
3. 你认为小猪给别人起外号的行为对吗?为什么?

◆ 布马哥哥的悄悄话

★ ★ ★ ★

小朋友,你会给朋友起外号吗?如果你的朋友给你起外号,你会喜欢吗?

其实，乱给别人起外号，是一种不文明、不礼貌的行为，也是对别人的不尊重。试想一下，要是有人揪住你的缺点或短处给你起外号，你会开心吗？己所不欲，勿施于人。既然我们自己不喜欢被人叫外号，那么我们也不要随便给别人起外号，即便你没有恶意。要想得到别人的尊重，首先我们就要学会尊重别人才行哦！

★ ★ ★ ★

一次神秘的考验
——遵守公共秩序

在动物王国里,长颈鹿是大名鼎鼎的魔术师。他通过不懈努力,创办了一所魔术学校,每年,魔术学校里的学生都会去参加世界魔术大赛。

这天,正是举办世界魔术大赛的日子,几乎整个动物界的魔术高手都会前去参加,魔术学校自然也派出了参赛团队。

参赛选手们早早便在巴士站等候了,等着比赛组委会派车来接他们前往比赛场地。魔术学校派出了梅花鹿队。只见他们一个个穿着整洁的服装,排着整齐的队伍,安静地等在候车处。而其他参赛的队伍则吵吵闹闹,乱成了一团。

不一会儿,第一辆车开过来了,只见很多选手一窝蜂似的挤了上去，但梅花鹿队却没有动。

很快，第二辆车也开过来了，很多没挤上第一辆车的选手又冲了过去，生怕这次挤不上车被落下，无法参加比赛。不过，梅花鹿队仍然没动。

第三辆车也随即开了过来，这次轮到梅花鹿队上车了。车停下后，梅花鹿们仍然没有拥挤，而是一个个排着队，麻利地上了车，一点吵闹声都没有。上车后，梅花鹿们又很快坐好，自觉地系好了安全带。

"朋友们，准备好了吗？我们要出发啦！"大象司机边说边启动了车子。

车很快就开到了比赛会场。刚一下车，梅花鹿们就被漂亮的舞台给惊住了！

"哇，世界上居然有这么漂亮的舞台！"

而让梅花鹿们更吃惊的事情还在后面呢！

梅花鹿们刚刚走到会场中央，会场里忽然响起主持人天鹅小姐优美的声音："现在，我要宣布一个奖项。获得本次比赛'最佳风尚奖'的是——梅花鹿队！"

"哗——"全场响起了热烈的掌声。

梅花鹿们虽然又意外又惊喜，但还是非常有礼貌地向观众挥手致意。

这时,魔术大赛组委会的主席老虎先生走上了舞台,微笑着对大家说:"大家是不是感觉很意外?没错,这是我们设定的一次神秘考验。因为我们觉得,优秀的选手不但应具备出色的表演技术,更应具备良好的品行修养,所以,我们为最有秩序抵达会场的选手设定了'最佳风尚奖'。而今天前来参赛的梅花鹿队,恰恰为我们展示了非常好的选手风范。大家说,这个奖项应不应该颁给他们?"

"应该!"

"太应该了!"

"梅花鹿队好棒!"

……

会场内再次响起了雷鸣般的掌声。

◆ 想一想

1. 魔法学校派谁去参加世界魔术大赛了?
2. 梅花鹿队为什么获得了"最佳风尚奖"?
3. 你认为遵守公共秩序重要吗?

我有良好的品行习惯，它可以让我变得更优雅

◆ 布马哥哥的悄悄话

★ ★ ★ ★

懂得自觉遵守公共秩序，既能体现出一个人的品行修养，又能让一个人看起来非常优雅得体，并且也更容易赢得他人的尊重和好感。

要知道，没有谁会喜欢过马路总闯红灯、候车时不排队、上车后抢座位的人，因为这会破坏公共秩序，给其他人带来很多不便。这是很没礼貌、很没修养的表现，如果我们这么做了，也一样会令人感到讨厌。

所以，小朋友们一定要养成遵守公共秩序的好习惯哦！就像故事中的梅花鹿队，表面看起来是方便了他人，其实他们自己也同样从中受益。试想一下，如果每个人都养成了这个好习惯，那么大家的出行是不是都会方便很多呀？

★ ★ ★ ★

良好品行习惯的养成方法

1. 谦虚、诚实，诚恳待人，与人交往信守承诺，不说谎话，有错就改。

2. 爱护环境，不随地吐痰，不乱扔垃圾，自觉维护环境卫生。

3. 爱护公共财物，遵守公共秩序，不在公共场合打闹、喧哗。

4. 关爱家人，尊重父母，懂得感恩。

5. 与人交往经常使用"您好""谢谢""请""对不起"等礼貌用语，讲文明，懂礼貌。

6. 注重仪容、仪表、仪态，讲究个人卫生。

7. 能独立做一些事，并对自己的行为负责。

8. 尊重他人，能够主动为他人着想，不自私自利。